文庫

誠実な詐欺師

トーベ・ヤンソン
冨原眞弓 訳

筑摩書房

誠実な詐欺師

Den ärliga bedragaren

by Tove Jansson

I

いつものように暗い冬の朝、雪はあいもかわらず降りつづく。灯のついた窓はひとつもない。カトリは弟を起こさないようにランプに覆いをかけた。部屋はひどく寒い。コーヒーを沸かし、ポットを弟のベッドの横におく。扉近くには大きな犬が寝そべり、前足のあいだに鼻づらを埋めて、カトリをみている。いっしょにでかけるのを待っているのだ。

ここひと月、この海辺の村は降りしきる雪にみまわれていた。記憶をさかのぼっても、これほどの大雪が降ったことはない。扉や窓に吹きよせ、屋根にずしりと重く、片時もやむことなく落ちてくる。雪かきをするそばから、道はすぐまた白く覆われる。この寒さではボート造りの作業場での仕事もできない。村びとは朝寝坊をきめこむ。もはや朝もこないのだ。まっさらな雪の下、村は音もなく横たわる。やがて子どもたちが外にでて、トンネルや洞穴を掘り、歓声をあげて遊びはじめる。カトリ・クリングの窓に雪玉を投げるのは禁じられている。それでもかまわず投げつける。カトリは弟のマッツと雑貨店の屋根裏に住んでいる。彼女の大きな犬には名前がない。夜明け前、カトリは犬をつれて村道を通りぬけて、灯台のある岬にむかう。

人びとはそろそろ起きだして噂する。また雪だ。ほら、カトリがまた狐の襟巻をして犬とでかけていく。自分の犬に名前をつけないなんて変だよ。どんな犬にも名前はあるだろうに。

カトリ・クリングは数字と弟のことしか頭にない。それにしても、あの黄色い眼はだれからうけついだのか。マッツの眼は母親と同じ青だが、父親がどんな眼の色だったかはだれもおぼえていない。はるか昔に材木を買いに北に行ったきり、ついぞ帰ってこなかった。あの男はよそ者だった。濃いか薄いかはべつとして、眼の色は青というのがふつうだが、カトリの眼はあの犬の眼と似たような黄色だ。眼を細めてみる癖があるので、あのふしぎな眼の色、灰色よりは黄色に近い眼の色に気づく者は、めったにいない。カトリの猜疑心はいつでもすぐに頭をもたげる。すばやくきっと開かれた眼は、光の加減によっては黄色としかいいようがない。あの眼はひどく不安な気持をかきたてる。カトリ・クリングは人を信じない。六歳から守り育ててきた弟と自分自身にしか関心がないみたいで、どうにも近よりがたい。それに、名前もない犬が尻尾をふるなんてみたことがない。おまけにカトリも犬も人の好意をうけつけない。

母親が死んでからは、カトリが雑貨店の仕事をひきつぎ、店の帳簿もつけるようになった。とても利口な娘なのだ。だが、その勤めもこの十月にやめた。店主はカトリを屋根裏部屋から追いだしたかったのだが、いいそびれている。弟のマッツときたら数にも入らない。姉より十歳年下の十五歳で、上背があって力は強いが、すこし頭がたりない。村の半端仕事もひきうけるが、寒さで作業がないときはともかく、たいていはリリィエベリ兄弟のボートの作業場にいる。さほど重要でない仕事なら任せてもらえるのだ。

ヴェステルビィでは漁をやめてすでに久しい。生計がたたないのだ。ボートの作業場は三つある。そのひとつでは、冬のあいだ、ボートを船架にかけてオーバーホールをする。いちばん腕のいい職人はリリィエベリの四兄弟だ。結婚している者はいない。最年長のエドヴァルドがボートの設計図をひく。仕事のあいまに、村びとあての郵便物をとりに街まで車を走らせ、雑貨店のために品物をもって帰る。車は雑貨店の店主のもので、村には一台しかない。

ヴェステルビィのボート職人たちは誇りたかく、手がけたボートにV文字を二重に合わせたサインをほどこす。まるで自分たちのヴェステルビィこそが、全国の無数の〈西の村《ヴェステルビイ》〉という変哲もない名前の村のなかで、どこよりも由緒正しい村であるといわんばかりに。女たちは定評のある伝統的な模様を鉤針《かぎばり》でベッドカヴァーに編みこみ、それにボート職人と同じようにV文字のサインをほどこす。六月には避暑客が村をおとずれ、ボートとベッドカヴァーの両方を買い、暑さがつづくかぎり気楽な夏休みを送る。八月も終わりになると、村は静けさをとりもどし、いつもの顔になる。そして冬が忍びよってくる。

夜明けが藍色に染まり、雪が陽光に白くかがやく。人びとは台所のランプを灯し、子どもたちを外にだす。最初の雪玉が屋根裏の窓にあたる。しかしマッツはやすらかに眠りつづける。

わたし、カトリ・クリングは、しばしば夜中にベッドのなかで考えごとをする。夜の考えにしては妙に具体的かもしれない。とくにお金、たくさんのお金のことを考える。すみやかに手に入れたい。賢明に、誠実に、蓄える。お金のことなんか考えずにすむように。ありあまるお金がほしい。あとで返せばいい。なによりもまずマッツにボートを与えたい。船室《キャビン》と船内モーターつきのよく走る大きなボート、ほかになんの取柄もないこの村で造られる最高のボートを。毎晩、わたしは窓にあたる雪の音に耳をすます。雪のやわらかい呟きが聞こえる。海風に運ばれて窓ガラスを叩く雪だ。そう、雪が村を覆いつくし消しさってくれればいい。そうすればきれいになるのに……。長い冬の暗闇ほど静かで果てしないものはない。いつまでも、いつまでも、つづく。あるときは厚みをまして夜となり、あるときは夜明けの薄闇となる。すべてから匿《かくま》われ、守られて、人はふだんよりさらに孤独になる。そしてじっと待って、樹のように身を隠す。お金は臭うと人はいう。それは嘘だ。お金は数字と同じようにきれいだ。臭うのは人間のほうで、だれもがそれぞれ隠された臭いをもっている。いやな臭い。怒ったり、恥じたり、怖がったりするとき、臭いは強くなる。犬はそれを感じとる。瞬間的にわかるのだ。わたしが犬だったら、わかりすぎていやになるだろう。でもマッツには臭いがない。あの子は雪のようにきれいだ。わたしの犬は大きくて美しく、わたしに服従する。あの犬はわたしが好きじゃない。でも、わたしと犬は互いを尊重する。わたしは秘密めいた犬の生活、本来の野性をいくらかはとどめている大きな犬の秘密を尊重する。だからといって信頼しはしない。自分をじっと観察する大きな犬をどうして信頼できよう。人びとは〈人間みたいな〉特質を犬に押しつける。気高さとか愛想のよさとかいったものを。犬は口をきかず、人間にしたがう。でも、わたしたち人間をじっくりと観察して知りつくし、わたしたちのみじめさを嗅ぎつけてしまった。それなのにあいかわらず人間につきしたがう。この信じがたい事実をまのあたりにして、驚き、感じいり、うちのめされるべきなのだ。わたしたちを軽蔑しているのか。赦してくれているのか。それとも、責任をひきうけずにいるのが性にあうのか。わたしたちには知りえない。わたしたち人間を、巨大で鈍重な黄金虫みたいに、図体だけ大きくてぶざまな動物の一種だと思っているのか。人間が神だなんてとんでもない。人間のことなどお見通しで、千年つづいた人間への従順で抑えこまれても、あの怖るべき洞察力を失わずにいる。どうしてだれも自分の犬を怖がらないのか。野生だった動物が自分の野性をいつまで拒んでいられるものなのか。だれもが自分の飼い犬を理想化する。そのくせ犬の自然な生を軽蔑する。からだの蚤を掻いたり、腐った骨を埋めたり、ごみ溜めのなかを転がったり、うつろな樹にむかって夜じゅう吼えたてたり……。だけど、あの人たち自身はどうだというのか。どのみち腐るものをこっそり埋めては、また掘りだし、それからまた埋めなおす。うつろな樹の下で騒ぎたてる。あの人たちが転がりまわる場所ときたら……、ああ、いやだ。わたしとわたしの犬はあの人たちを軽蔑する。わたしと犬は共有しあう秘密の生のなかに匿われ、うちに秘めた野性のなかに隠されている……。

犬は起きあがり、扉のそばで待っている。カトリと犬は階段をおり、雑貨店を通りぬける。玄関でカトリは長靴をはく。そのあいだも、あの怖るべき夜の考えごとが、だれの助言もないままに、カトリの頭のなかを駆けめぐる。外の冷気にしばしたたずみ、冬のきよらかな空気を吸いこむ。まるで背の高い黒い彫像だ。分身のごとく脇にぴたりとよりそう無愛想な犬をしたがえて。犬が革紐でつながれたことはない。子どもたちは口をつぐみ、雪のなかをぱたぱたと遠ざかるが、つぎの角でまた喚声をあげ、雪玉を投げあう。カトリは子どもたちをやりすごし、灯台のある岬へとむかう。リリィエベリが車で灯台にガスボンベをとどけたが、車輪の跡はすでに雪で消えかかっている。岬の近くでは、海からまっすぐ北西風が吹きつける。ここに脇道があり、老アエメリンの屋敷への坂道につづく。カトリは立ちどまった。犬も瞬時に歩みをとめる。カトリも犬も海風のあたる側は真っ白で、雪が毛皮にゆっくりとしみていく。カトリは屋敷をみつめる。これまでも毎朝、灯台への道すがら、こうして眺めてきた。あそこにアンナ・アエメリンがひとりで住んでいる。たったひとりで、お金に埋もれて。長い冬のあいだ、ほとんど姿をみせることもなく。必要なものは雑貨店がとどけてくれるし、週に一度はスンドブロム夫人が掃除にやってくる。しかし早春の訪れとともに、アンナ・アエメリンの明るい色のコートが森の端にあらわれる。ゆっくり、ゆっくりと、樹々のあいだを歩きまわる。彼女の両親は長生きをして、自分たちの森の木一本たりとも切らせなかった。亡くなるころには魔法使《トロール》いのように裕福だった。その後も森は手つかずのまま残った。通りぬけられないほど生い茂り、屋敷のすぐ裏手にせまる壁となるまで。村びとはこの屋敷を〈兎屋敷《カニンフセット》〉と呼ぶ。灰色の木造の山荘で、装飾のある白い窓枠がある。積雪に盛りあがった森とおなじく灰色がかった白である。この建物はうずくまる大きな兎にそっくりなのだ。四角い前歯とみまがうヴェランダの白いカーテン、雪の睫《まつげ》をつけた間抜けな丸窓、ぴんと立った耳の煙突。どの窓も暗い。裏庭は雪かきされていない。

あそこに彼女が住んでいる。あそこにマッツとわたしも住むようになる。でも待たなくては。あのアンナ・アエメリンに、わたしの人生のなかで重要な場を与えるには、まだじっくりと考えなければならない。

2

アンナ・アエメリンは親切な人といえるかもしれない。そもそも悪意を剝きだしにする必要に迫られたことがない。いやなことは忘れる尋常ならぬ能力をもちあわせているので、ぶるっと身体をふるわせてから、摑みどころなく、そのくせかたくなに、自分の流儀をつらぬきとおす。じつをいうと、彼女のゆきすぎた善意には怖るべきものがある。しかし、だれもまだそれに気づいていない。たまに〈兎山荘《カニンヴイラ》〉をおとずれる多いとはいえない客も、心ここにあらずの慇懃さでいとま乞いをされるので、ささやかな表敬訪問をした気にさせられる。アンナは身振りの蔭に本心を隠しはしないし、顔だちに個性がないといえば嘘になる。彼女が真剣に生きるのは、描くためにその稀有な能力を傾けているときだけで、いうまでもなく描いている最中はひとりきりだ。アンナ・アエメリンには一途な人間に固有の強烈な説得力がある。たったひとつのことしか眼に入らず、たったひとつのことしか理解できず、たったひとつのことにしか興味がない。森の情景、森にひろがる土壌がそうだ。アンナ・アエメリンは森の情景を忠実に詳細に描くことができる。針葉樹の葉一枚もおろそかにしない。彼女の描く水彩は小さく、どこまでも自然主義的で、はかない植物や苔に覆われたしなやかな大地のように美しい。ところが人はうっそうと茂る森のなかを歩いても、この大地の美しさをほんとうにはみていない。アンナ・アエメリンはこの美しさを気づかせてくれる。人びとは森の本質《イデー》を眼にし、忘れていたものを思いだし、なごやかで希望にみちた郷愁をふとおぼえる。残念なことに、アンナは兎たちを描きこんで絵を台なしにする。兎のパパ、兎のママ、兎の子の三羽だ。おまけに兎たちは小さな花柄で覆われているので、森の奥ふかい神秘はあらかた損なわれてしまう。いつだったか、児童書の批評欄でこの兎たちが槍玉にあがった。アンナは傷つき自信をなくしたが、どうしろというのか。子どもたちのためにも出版社のためにも、兎を描かないわけにはいかない。ほぼ二年に一度、つつましい新作がでる。文章は出版社のほうで書く。ときには大地や下草や木の根だけを、もっともっと精密に、もっともっと細部に凝って描きたいと思う。苔の内奥に近づき掘りさげて、茶と緑のミニチュア世界を、昆虫たちが棲む巨大な原始林に仕立てあげる。兎の一家ではなく蟻の一家でも思いつけばよかったのだろうが、いまとなってはもちろん手遅れだ。兎から解放されてすっきりした森の景観を、アンナは頭からふりはらった。いまは冬で、最初の剝きだしの大地があらわれるまで仕事はしない。雪どけを待つあいだ、どうして兎は花柄なのと訊いてくる小さな子どもたちに、せっせと返事を書くのである。

ところがある日のこと、アンナとカトリの物語が始まったその日、アンナは手紙を一通も書かず、応接間《サロン》に坐って『ジミーの冒険―アフリカ編』を読んでいた。なかなか愉しい。前作のジミーはアラスカにいた。

天井が低く広々としたアンナの部屋は、雪明かりに照らされて美しい。白と青のタイルストーヴ、壁ぎわに並ぶ明るい色のまばらな家具が、週に一度スンドブロム夫人が磨きあげる嵌め木《はき》の床に映りこむ。アンナのパパはまわりに広い空間をほしがった。かなり大柄だったので。そして青が好きだった。すべてをみたす微妙な色合いの青、歳月とともに色あせていく青が。〈兎屋敷〉を深い静けさが包みこみ、完結した印象をかもしだす。

その後アンナは本を読むのをやめて、雑貨店に電話をする決心をした。これがひどく億劫なのだ。店の電話が話し中だったので、ヴェランダの窓ぎわに坐って待つことにした。夏しか使わないヴェランダには、北西風が積みあげた雪の厚い吹きだまりが、愉しげに、みっちりと、大胆な曲線を描いて横たわる。ナイフ状に尖ったこの稜線の上を、かろやかに、透きとおって、雪が舞う。冬になるたびに同じ稜線が生まれ、吹きだまりはかわらず美しい。しかし雪の吹きだまりはあまりに大きく単純すぎて、アンナの眼にとまらない。ふたたび電話をする。店主が応じた。

「リリィエベリはもう戻りました？　バターとエンドウ豆のスープを注文するのを忘れたので。大きな缶じゃなくて小さいほうを」

店主は彼女の言葉が聞こえない。なにやら言い訳をする。「道の雪かきがまだで、郵便を運ぶ車も通れないんですがね、リリィエベリが街までスキーで行きましたから、郵便をもって帰りますよ。それに新鮮な肝臓《レヴァー》も……」

「聞こえない！」とアンナ・アエメリンがどなる。「どなたが生きてるって？　なにかありましたの？」

「レヴァーですよ」と店主はくり返す。「リリィエベリに新鮮な生き餌《レヴァー》を頼みましてね、アエメリンさんのために特別にとりおいておきます。上等のやつで……」

そのあと声は雪にかき消されてしまった。またしても電話線の具合がよくない。アンナは外の世界に蓋をして、ほっとした気持で本に戻った。じつをいうとエンドウ豆のスープなんかどうでもいい。郵便にしてもそうだ。

エドヴァルド・リリィエベリは街から戻るとスキーをぬぎ、リュックサックを店の階段にどさりと投げおろした。背中が痛くて軽口をたたく気分ではない。雑貨店の品物を段ボール箱にぶちまけて、箱を店に運びこんだ。ほとんどの品物が雪で湿っている。

「時間がかかったね」と店主が迎える。カウンターの奥に陣どり、カトリという店員を失ったことをいまだに根にもっている。リリィエベリは返事もせずに背をむけ、戸口の机の上で郵便物の仕分けを始めた。カトリ・クリングは、スキーで近づいてくるリリィエベリを自室の窓からみた。つぎの瞬間、戸口にあらわれ、彼の肩ごしにのぞきこんだ。例によって煙草をくわえ、煙のむこうから郵便物を眺めていたが、「それ、アエメリンさんの手紙ね」という。見分けるのは造作ない。たいてい幼い子どもの筆跡で名前と花柄が記されている。カトリはつづけた。「いますぐとどけるの？」

「ちっとは休ませてもらいたいね」とリリィエベリがいう。「村の郵便屋も楽じゃないんだぜ」

スキーにむかない天気よねとか、どこが道かもわからないわねとか、そのうち街が除雪車をよこすわよとか、とにかく関心を示すなり示す振りをするなりして、だれもが場をつくろうためにすることを、カトリだってできるだろうに。いやいや、カトリ・クリングはそんなことはしない。ただじっと立って煙のむこうからみている。机の上に身をかがめると、黒髪がたてがみのように顔にまとわりつく。寒いので毛布にくるまり、両手でしっかりと押さえている。魔女みたいだ、とエドヴァルド・リリィエベリは思った。

彼女はいう。「わたしが郵便をアエメリンにとどけてもいいわよ」

「そうはいかない。とどけるのは郵便屋の仕事だ。信頼されて託されたわけだからな」

カトリは顔をあげ、きっと眼を開いて彼をみた。戸口のまばゆい光に照らされたその眼は、文句なしの黄色だ。

「信頼ねえ」とカトリは応じる。「あなたはわたしを信頼してる？」しばらく待ってつづける。「郵便をアエメリンにとどけてもいいわよ。わたしには重要なことなの」

「手伝ってくれるってのかい？」

「とんでもない、わかってるでしょ」とカトリは答えた。「もちろん自分のためよ。あなた、わたしを信頼する？　それともしない？」

あとでリリィエベリは考えた。犬とでかけるついでだから、とでも言い訳をしてくれてもよかろう。そうすりゃ簡単なのに。ともあれカトリは誠実だ。こいつは認めぬわけにはいくまい。


アンナはまた電話をした。「こんどはよく聞こえますよ」と店主がいう。「エンドウ豆の小さな缶、それとバターですね。リリィエベリが郵便物をもって帰ってきました。レヴァーも。新鮮なのをね。いわば腹からとれたてですな。特別におとりおきでしたのでね。今日はリリィエベリじゃなくクリングがお宅にとどけます。どのみちそっちに行くそうなんで」

「え、どなた？」

「前にうちにいた店員。カトリ・クリングですよ。レヴァーをもってすぐにうかがいます」

「レヴァーって、あの」とアンナは口をはさみ、めまいをおぼえた。「気味が悪くて、調理も面倒で……。でもわざわざとりおいてくださったのなら……。そのお嬢さん、クリングさんというかた？　お勝手から入ることはご存知でしょうね」

ここでまた電話線に雑音が入りだした。冬場はいつもそうだ。アンナはしばらく立って耳をそばだてていたが、台所でコーヒーを沸かす支度にかかった。

暗くなりはじめたころ、マッツは作業小屋から戻ってきた。冬のあいだ燃料を切りつめるために、ヴェステルビィの男たちは寒さのゆるやかなときしか働かない。電気代を節約して、暗くなる前にボート小屋を閉める。倹約家なのだ。マッツはいつでも最後に小屋をでる。

「おやおや、ついに閉めだされたんだね」と店主がいった。「放っておけば、きみは暗がりでもサンドペーパーをかけてるだろうに」

「いまは外板さ」とマッツが答える。「コカコーラをつけてくれる？」

「はいよ、いますぐ。姉さんがきみにまで給仕しなくなったのは残念だよ、まったく、あんなにてきぱき働けるのに。そう、外板だって。いや、ほんとうかい。もう外板の作業もできるようになったわけだ。こいつは信じられないね」

マッツは店主の言葉をろくに聞かずに相づちをうち、カウンターでゆっくりとコカコーラを飲む。雑貨がひしめくこの小さな店で、マッツはやたらに大きくひょろ長くみえる。髪もまた長い。長すぎるだけでなく、姉と同じ漆黒の髪。よそ者の髪だ。ここにいるのは自分だけでないことを忘れているらしい。カトリが階段をおりてくると、マッツはふりむき、姉と弟はそれと知られぬ合図、同類の人間がかわす彼らだけのシグナルをかわす。犬は扉のそばで伏せて待っている。

店主はいう。「聞いたよ、〈兎山荘《カニンヴィラ》〉に郵便をとどけるのはあんただってね。品物はこれだ。レヴァーの汁が垂れないように気をつけてくれよ」

「あの人、レヴァーは嫌いよ」とカトリがいい返す。「あなただって知ってるくせに。このあいだも腸詰めをスンドブロム夫人にあげていたわ」

「レヴァーと腸詰じゃ大ちがいさ。それにこいつは注文された品だ。そうそう、勝手口から入るのを忘れんようにな。アエメリンさんは人の出入りにはうるさいんでね」

ふたりの会話は低く敵意にみちた口調でかわされる。すきあらば相手に襲いかからんと虎視眈々の二匹の獣のように。

ぜったいに忘れないのね、あの小男の商売人。あのことだって赦してはいない。あいつの強欲さの愚かしさ、それを彼に思いしらせてやった。でもあのとき、わたしはではならない。客観的でなかった。客観性を欠くとかならずややこしくなる。ここを引き払わなくてはならない。

夜明けどきの雪はあざやかに青い。脇道に入るところで、待てと犬に合図をし、カトリは風を背にうけて坂道をのぼっていく。雪かきをした形跡はない。

アンナ・アエメリンは台所の扉を開けた。「クリングさん、どうもご親切に。こんなお天気に、わざわざご足労いただくなんて、ほんとうに……」

敷居をまたいで入ってきた女性は背が高く、粗い毛皮のようなものを着ている。挨拶をするときもにこりともしない。

ここは不安な匂いがする。ながらく沈黙が支配してきたのだ。彼女《アンナ》はわたしが想像していたとおり。兎だ。

アンナはくり返す。「ええ、郵便のことではどうもご親切に……。わたしにはもちろんたいせつなものとはいえ、それにしても……」。アンナは相手が答えるのをしばし待って、またつづける。「コーヒーを沸かしたので。お飲みになりますわね」

「いいえ」とカトリは愛想よく答える。「コーヒーは飲みません」

アンナは驚いた。気分を害するというよりはびっくりした。勧められればコーヒーぐらい飲む。そういうものだ。招いてくれた相手の意を酌むだけのためであっても。

アンナはいう。「では紅茶でも?」

「いえ、けっこうです」とカトリ・クリングは答える。

「クリングさん」とアンナはそっけなく指摘する。「長靴は戸口でぬいでくださいね。マットは水に弱いので」

いまの彼女のほうが好きだ。彼女を抵抗できる人間たらしめること。われをして抵抗と闘わしめたまえ、アーメン。

ふたりは応接間《サロン》に行く。

彼女の本を一冊手に入れておくべきだったか。いや、そんなことはできない。そんなのは誠実を欠く行為だ。

「わたしね」とアンナ・アエメリンが口火を切った。「ときどき思うんですよ、ここにカーペットを敷きつめれば気持がいいかしらと。あかるくて、やわらかい感触のをね。クリングさん、そうは思いません?」

「いいえ、こんな美しい床にもったいないです」

なるほどね、彼女はふかふかの床がほしいのだ。カーペットがあってもなくても、ここはふかふかしている。暖かくて、毛皮のようだ。二階はもっと風通しがいいだろうけど。夜には窓を半開きにしておかなくては。でないとマッツは眠れないだろう。

アンナ・アエメリンは細い鎖で首から吊るした眼鏡を手にとって、レンズに息を吹きかけ、テーブルクロスの端で拭きはじめる。おそらくレンズが毛だらけなのだ。

「アエメリンさん、兎をお飼いになったことありますか？」

「え？」

「兎をお飼いになったことは？」

「ありませんよ、どうして？　……リリィエベリさんたちは飼っていますね。けっこう世話のやける動物で……」。アンナはよく考えもせず、例によって抑揚が定まらず間のびした口調で答える。コーヒーポットのほうに動きかけたが、コーヒーを飲まない客だったことを思いだす。とつぜん鋭い口ぶりで訊く。「でもね、クリングさん、どうしてわたしが兎を飼わなくてはならないんです？　あなたは兎を飼ってらして？」

「いいえ。犬を飼っています。シェパードを」

「犬？」

アンナの集中力がこなごなになる。犬というのは得体がしれない……。

だれも手をつけないコーヒーポットには滅入らされる。アンナは立ちあがり、灯がいるわねと指摘する。ふたたび夕暮れが近づいていた。ひとつまたひとつとランプが灯される。ほのかに翳《かげ》る光の泉のように。それからアンナは記念にサインがほしいかと訊いた。アンナの筆跡はとても美しい。名前を書きおえ、いつものように兎の耳を描きはじめたが、はっと手をとめ、あたらしい紙をとりだした。カトリは台所に行き、郵便をテーブルに、食品を流し台におく。薄赤い汁がレヴァーの包みから流れだした。「ほんとに気味が悪い」とアンナが後ろからいう。「これは血かしら……。血をみるのは堪えられない……」

「さわらないで、わたしが片づけます」

しかしアンナは包みを開けてしまい、どす黒い血で膨れたレヴァーがあらわれた。細く白い静脈がうきあがる肉塊だ。アンナは蒼ざめる。

「アエメリンさん、これは犬にやります。わたしが始末しますから。では失礼します」

アンナはあわてて言い訳をする。「いつ臭いだすかと気が気じゃなくて。しまいこんだまま忘れてしまい、やがて臭いはじめる。すると腐らないかしら、もう捨てるべきかしらと不安になる……。だけどこのご時世に食べものを捨てるというのも……」

「わかります」とカトリがひきとる。「しまっておく、そして臭いだす。なぜ臭いだすようなものに手をだすんです？　贓物が嫌いなら、はっきり嫌いだとおっしゃいなさい。どうしてレヴァーを注文したりなさるんです」

「わたしじゃないのよ、注文したのは。あの店の人がね、親切にとりおいてくれたとかで……」

「あの商売人は」とカトリはゆっくりと言葉をつぐ。「あの男はね、おぼえておいてください、親切どころじゃありません。ひどく意地の悪い人間です。あなたがレヴァーに怯えているのも承知のうえなのですから」

　裏庭でカトリは煙草に火をつける。暗闇が早足でやってくる。

　アンナ・アエメリンはヴェランダの窓に走りよった。先刻の客が裏の坂道をくだっていく。ひょろりと黒い姿がひとつ。ところが下の公道でシルエットはふたつになった。大きな狼が夕闇から抜けでて女性に合流したかのように。ふたつの影はよりそって村のほうへ去っていく。アンナはなんとなく不安な気持で窓辺に佇《たたず》んでいた。ここらでコーヒーでも飲もうか……。ところがにわかにその気がうせた。かわりに確信を得た。さりげなく、しかし決定的に。自分はコーヒーなんか好きではない、これまでも好きだったことはない、という確信を。

3

カトリは部屋に戻り、コートを着たままベッドに横たわった。ひどく疲れている。なにを勝ちとったのか、どのくらい負けたのか。この最初の出逢いはとてつもなく重要だった。カトリは眼を閉じて、起こったことをはっきり思いだそうとするが、うまくいかない。アンナ・アエメリンその人をはじめ、覆いのかかったランプ、居心地はよいが特徴のない部屋、互いに探りあうようなふたりの語り口のように、やわらかく、あいまいに、すべり落ちていく。だが流し台の上のレヴァー、あれは手応えのあるもの、現実だ。あれをもって帰ったのは彼女のためか。いやちがう。なら自分のため、点数を稼ぐためか。いや、そうは思わない。あれは純粋に実務的な処理だ。彼女を怯えさせる血なまぐさいものがあそこにあって、片づけるべきだったからにすぎない。汚い手を使わなかったし、不誠実でもなかった。でもわからない。心の底から、ほんとうに確信できるだろうか。なにかの利益を得るために、あるいはそれすら得られずとも、たんにできるだけ愛想よくするとか当座をしのぐために、恥ずべき迎合、追従、無意味な形容といった、四六時中なんの咎めもなく使われるおぞましい手練手管に、自分はいちども頼ったことがないと……。いや、ことさらに愛想よくしたとは思わない。今回の賭け《ゲーム》には負けた。だがすくなくとも真っ正直な闘いだった。

マッツはあたらしい図面を完成させ、例によって机の上においていった。自分のボートモデルを話題にすることはないが、カトリには図面をみてほしいのだ。きまって青い方眼紙にひかれている。目盛があるから計算しやすい。ボートはいつも同じ型式で、船内モーターと船室《キャビン》をそなえたかなりの大型だ。カトリは舷弧の変更に気づいた。船室の屋根も低くなった。マッツのメモに注意ぶかく眼をとおす。木材の価格、モーター、作業に要する時間、マッツがごまかされないようにチェックしなければならない。みごとな図面だ。ボートをほしがる少年の夢に終わらず、実用にたえうる仕事である。カトリは感じた。そこには長期におよぶ忍耐づよい観察、ひとつの、たったひとつの特別な思い《イデー》に注ぎこむ愛情と配慮が息づいていると。

カトリはマッツのために街の図書館で本を借りだす。ボートやボート造りについての本、海の大冒険にまつわる物語なら手当たりしだいに。あらかたは少年文庫である。と同時に、なんとなく言い訳がましく、いわゆる純文学と呼べるような本も読ませようとする。

「ちゃんと読んでるって」とマッツはいう。「でもちっともピンとこない。なんにも事件が起こらないしさ。すごくよくできた話だとは思うけど、なんか悲しくなっちゃう。たいてい気の毒な人たちばっかりで」

「でもあなたの海の男たち、あの難破者たちは？　あの人たちは気の毒じゃないの？」

マッツは頭をふって、にっこり笑う。

「あれはべつさ。それに彼らはあんなにお喋りじゃないよ」

しかしカトリはつづける。あなたが自分の好きな本を四冊読んだら、一冊はわたしの薦める本を読んで、一冊でいいからねと。人生の邪悪さがいんちきな正義の冒険で覆い隠された世界に、弟が呑みこまれてしまうのではないかと心配なのだ。マッツはカトリを喜ばせるために薦められた本を読むが、内容について話すことはない。はじめのうちカトリは感想を求めたが、すごくよかったよと返ってくるだけだ。それで訊くのをやめた。

姉と弟はめったに話をしない。ただ、仲間うちでかわす沈黙、やすらかで自然な沈黙を共有していた。

マッツが戻ってきたとき、日はとっぷりと暮れていた。またリリィエベリ兄弟のところにいたのだろう。これがカトリの気にいらない。マッツはボートの話を聞きたくてリリィエベリ兄弟につきまとい、彼らもマッツにはやさしい。家畜にやさしく接するように。その辺にいてもかまわないが、ものの数には入らない。彼女の弟は数に入らないというのだ。カトリは食器をならべ、姉と弟はいつものように自分の本を読みながら食事をする。読書をしながらの食事は、一日でいちばん穏やかで、しあわせにみたされた平和な時間だ。ところが今夜にかぎってカトリの読書は進まない。いくどとなくアンナ・アエメリンの屋敷に舞いもどっては、いくどとなくその屋敷から尻尾をまいて逃げだす。マッツのための計画がおじゃんだ。カトリは読んでもいない本から眼をあげ、弟をみる。ふたりのあいだにあるランプの覆いは破れており、あわい光と影で編まれた網目がマッツの顔に降りかかる。カトリは森木立の叢《くさむら》にちらつく影、海砂の浅瀬にたわむれる陽光を思う。カトリ以外のだれにもマッツの美しさはわからない。ふいにカトリは逆らいがたい衝動にかられた。脳裏を片時も離れないあの苦々しい目標について、弟と語りあいたい。名誉についてどう考えているかを伝えたい。弁解を、いや弁解ではなく、ただ説明したい。マッツ以外の人に話すことなど論外のすべてをぶちまけたい。

いや、それはできない。マッツには秘密がない。だからこそ秘密にみちている。あの子の心を乱すことは赦されない。あのまま単純で純粋な世界にいるべきなのだ。それに、あの子に理解できるだろうか。わたしが苦しんでいると思って悲しむだけかもしれない。そもそもなにをうちあけるのか……。わかっている。奪うなら正々堂々と奪う、できるだけ正直に闘う、それだけが問題なのだ。

マッツは本から眼をあげて、訊く。「どうかした?」

「べつに。その本おもしろい?」

「うん」とマッツは答える。「ちょうど海戦のシーンなんだ」

4

夕暮れどき、村は静まりかえる。野良犬がときおり遠吼えをする。村びとはみな自宅で夕食をとり、窓には灯がともる。そして雪は降りつづく、あいもかわらず。屋根はずしりと雪で覆われ、昼間にふみ荒らされた道はまた白くなり、道の両端には固められたワックス状の雪の吹きだまりが積みあがる。この吹きだまりには細い通路がふかく穿《うが》たれ、子どもの遊び場になっている。吹雪のあいまをぬって掘られたのだ。その外側には、雪だるまや馬、金属片や木炭の眼や歯を剥いたあやしげな像が立ちならぶ。霜がおりると像に水をかけ、さらに固めて凍らせる。ある日、カトリは子どもたちが造った像のひとつをしげしげと眺め、それが自分に似せてあることに気づいた。

眼のかわりのガラス片をどこかで拾い、頭には古い毛皮の帽子をかぶせたのだ。うすい昏、しゃちこばった姿勢。雪の女像と同じ根から生まれたような大きな犬。上出来とはいえないが、犬、それもおっかない犬のつもりらしい。ちっぽけなこびとが女のスカートの蔭にうずくまる、頭にコーヒー缶の赤ラベルをくっつけて。マッツは冬になると赤い毛糸の帽子をかぶるのだ。カトリはこびと像を蹴散らした。部屋に戻って、弟の帽子をストーヴに放りこみ、青い毛糸であたらしい帽子を編みはじめた。子どもたちの悪ふざけのひとつが、いつまでもカトリの記憶にするどく苦々しく残った。数字で埋まった紙切れが、雪の女の心臓に木串で刺してあった。これもいわば彼女にたいする村びとの敬意のしるしだ。子どもたちは村びとのお喋りを耳にする。だから、カトリが算術にたけていて、その心が数字で刺しつらぬかれていると知っているのだ。

数年来、村びとはカトリをたずねては、自分では算定できないことで助けを仰いできた。彼女はややこしい計算や比率の問題をやすやすと解いてみせ、数字はかならず合っている。雑貨店の注文と支払の帳簿をつけはじめてからのことで、そのころに計算に強く眼識があるという評判を得た。何人もの街の調達人が勘定をごまかしていることも発見した。やがて店主自身のごまかしも発見したが、このことはだれも知らない。とにかくカトリ・クリングはたがわずに総額を正しく配分し、べつの種類の数学センスが必要となる微妙な問題においても、文句のつけようのない解決をみちびきだす才覚がある。税金申告、商取引の契約、遺書、隣家との境界線について、村びとは彼女の意見を求めるようになった。そりゃあ、街には弁護士がいるが、カトリのほうが信頼できる。弁護士にむだ金を遣うまでもない。

「あの人たちに原っぱをあげなさい」とカトリはいう。「あなたが抱えこんでいても役にたたない。牧草地にもなりゃしない。でも文書にしておくことね。あそこになにか建ててはいけないって。さもないとお隣が出張ってくるのは時間の問題よ。それは嫌でしょ?」

相手にはこういう。「原っぱに価値はない。でも面目にこだわるなら、お金はかかるけど柵で出入りを禁じればいい。そうすれば隣の子らの声を日がな一日聞かずにすむわ」。カトリの忠告は村じゅうで取り沙汰され、正当かつきわめて狡猾だと評価される。どの家も隣家と当然ながら敵対関係にある、この前提をカトリは出発点とする。だから説得力があるのだろう。とはいえカトリに相談すると、あとでしばしば決まりが悪い。なかなか理解しがたい反応だ。彼女の采配はつねに公明正大なのだから。何年ものあいだ睨みあってきた例の隣どうしの場合、カトリは双方に面目をたもたせると同時に、抑えられてきた互いの反感を剝きだしにして、敵対関係を決定的にしてしまった。あるいはまた騙されていたことを気づかせる。フスホルムのエミールの件では、カトリ裁定に拍手喝采がよせられた。エミールはひどい敗血症をわずらい、治療費がかさみ、ながらく仕事ができなかった。カトリはいう。「仕事でなった病気だから、補償請求ができる。国に精算申請をすべきなのは雇用主なのよ」

「でもよ」とエミールは口をはさむ。「ボートを造っていて病気になったんじゃない。鱈《たら》を洗っていただけだ」

カトリはいい返す。「いつになったらわかるの。仕事は仕事、手にしたものが鱈だろうと鑿《のみ》だろうと同じこと。あんたの父さんは漁師だった。そして漁業組合に加入していたわよね。漁でどのくらい怪我をした？」

「まあ、ときどきは」

「そうよね。だけど一度も補償をうけたことはない。お父さんは知らないまに国から騙しとられていた。これでおあいこよ」

カトリの明察ぶりは数えあげればきりがない。彼女の手にかかれば万事は明快だ。重要な書類ともなると、疑りぶかい者や小心者が街の弁護士に照合することもある。しかし弁護士がカトリの判断に異をとなえることはない。「なんて抜けめのない魔女だ。いったいどこで習ったのかね？」と弁護士はいうのだった。

最初のうちこそ、村びとはカトリに謝礼をしようとしたが、そのたびに彼女がいやな顔をするので、あえて申してる者はいなくなった。日常めったに起こらない難題をかくも易々と理解できるくせに、難題をもちこんでくる当人たちとは折りあえないというのも、じつに奇妙だった。カトリの沈黙には気まずくさせられる。実務的な質問には答えるが、お喋りをしない。たまたま顔をあわせたときだって、にこりともせず、愛想もいわず、相手の意を汲もうともしない。まったく困りものだ。

「どうして彼女に会いにいくのかね」とニィゴードの老いた女主人はいう。「帰ってきたときには人が変わっているよ。問題は解決したかもしれないが、もうだれも信用しなくなっている。あの娘にはかまいなさんな。兄弟どうし仲よくするがいい」

たまにマッツの近況を尋ねたりもするが、そんなときもカトリの愛想はよくならない。細めた黄色の眼をそらして、元気です、ありがとう、というだけだ。話しかけたほうは、自分は余計な世話をやく下衆《げす》だと感じながら別れるはめになる。そんなわけで、人びとは用があるときだけカトリをたずね、用がすめばそそくさと退散するのだった。

5

たえまなく降りつづく雪は、得体のしれない暗闇をつれてくる。夕暮れの暗さでもなく夜明けの薄闇でもない。気分は滅入るばかり。いつもなら愉しくできることも、義務になってしまう。エドヴァルド・リリィエベリは冬の鬱状態だ。ボート作業場での仕事が終われば、もうあとは家に帰るしかない。リリィエベリ四兄弟は作業場をあとにして家に帰り、夕食を整える。食後はラジオを聞く。夕べは果てしなくつづく。エドヴァルドはワゴン車の点検を思いつく。ふつうはそれで気が晴れる。ようやく自治体も除雪車をよこす気になった。ここらでモーターを調整しておくのもよかろう。以前は子どもたちを乗せて街まで運んで、キロメートルいくらで料金をとった。でもいまじゃ村に小学校があるし、年長の子どもは街のあちこちに間借りをする。子どもの数も昔ほど多くない。そもそもワゴン車を走らせても、雑貨店主の懐はちっとも痛まない。灯台へのガスボンベ配送と郵便物の配達は、当局が経費をもっている。ガソリン代だってそうだ。そのくせ店主ときたら、リリィエベリに手間賃を払うたびに、村に奉仕するのも楽じゃないと愚痴をこぼす。いずれにせよ、エドヴァルド・リリィエベリはワゴン車を自分のものと考えるようになっていた。フォルクスワーゲン、そう緑の。しかもヴェステルビィに一台しかない車なのだ。

ガレージの灯をつけ、帽子をまぶかにかぶる。ここは外より寒い。車の整備はひとりでやる作業だ。ほかのだれとも関係ない。ところがまた扉の前にあの少年がいる。リリィエベリをいつまでも待っていて、彼をじいっとみる。リリィエベリはなにやら疚《やま》しい気持になる。疚しく感じるのは、やつのせいなのか、やつの姉きのせいなのか。やつらがこの村に居坐るなんて、おれたちがなにをした、どんな悪事を働いたってんだ。なにもかもがまともじゃない……。リリィエベリはふりむいていう。「また、おまえか。車のモーターなんか逆立ちしてもわからんぞ！」

「ああ」とマッツは答える。「そうだね」

「ニィゴードんとこで薪を挽《ひ》いてたのか？」

「うん」

「なにがしたい？　手伝いたいのか？」

マッツは答えない。いつもこうだ。この少年はガレージに入りこみ、ただそこに立って、なにをするでもなく、黙っている。しまいにリリィエベリの首筋がむずむずするまで。無愛想にできず、かといって仕事に集中もできない。くそいまいましい。やむなく彼はいう。「こいつは厄介な仕事でね。喋る気にはならん」

マッツ・クリングはうなずくが動かない。なんて姉きにそっくりなんだ。同じようにのっぺりした顔をして。もっとも、眼は青い。どういうわけだか、姉きのほうはいつもそこらにいて、弟はその蔭に控えてやがる気がする。とにかくすべてが我慢ならねえ。エドヴァルド・リリィエベリはげんなりしていう。「そこいらを片づけていいぞ。そうしたけりゃな。気が散って仕事もできやしない」

少年は片づけはじめた。いらいらするほどゆっくりと、手順をふんで、いちばん奥の隅から作業を進める。道具をのけて、きれいに拭き、おきなおす。ほとんど音はしないが、まったくしないわけではない。壁のなかに野鼠がいるみたいだ――かさこそして、しばらく静かになる、きいきい、ぱたぱた、また静かになる――リリィエベリはふりむいて叫んだ。「もういい！　こっちへこい。おれの眼のとどくところにいろ。車の修理をしてるんだ。よくみてろ。どうせまともにゃ理解できんだろうが、おれも説明する気はない。だが、いまは話しかけるなよ」

マッツはうなずく。しだいにリリィエベリは平静をとりもどし、観察者の存在を忘れた。闖入者を赦し、モーター整備をすませてしまった。

ともかくマッツはしょっちゅうボートの作業場に顔をみせる。所作は救いがたくのろまだが、愚直なまでに注意ぶかいので、半端仕事なら安心して任せられる。また、任せた以上は確実な仕上がりを当てにできた。ただし、たいていはマッツの存在そのものが忘れられてしまう。リリィエベリ兄弟はマッツにつまらない作業をあてがう。ビスの穴埋めや紙やすりかけなどだ。そのうちマッツはだれにも気づかれず、ふいと姿を消す。どこか近所の家でなにかの修理を頼まれたのか、森に入りこんでぼんやりしているだけなのか。まったく見当がつかない。マッツ・クリングに決まった労働時間はなく、気のむくままに出入りをするので、もとより時間給は考えられない。リリィエベリ兄弟はときどき適当に支払うものの、ほんの雀の涙だ。マッツにとって仕事は遊びみたいなもので、遊んでいる人間に報いる必要はない、と考えている。マッツが長いこと姿をみせなくても、彼がどこにいるかを知る者もいなければ、気にとめる者もいないのだった。

寒さが厳しくなると、ボート造りに励んでも報われない。作業小屋は冬向きにできていないので、薪ストーヴの暖ではせいぜい手のかじかみしかとれない。リリィエベリ兄弟は小屋を閉めて帰宅する。ボートを進水させる表側には大きな扉があるが、閂《かんぬき》は簡単にはずせる。マッツは鱈釣りの分胴《ピルク》をたずさえて氷の上ですごし、浜辺に人影がたえるころ、また小屋に戻ってくる。ときに作業をつづけることもあるが、ひどく瑣末な細部《ディテール》の変更なので、仕上がってもだれも気づかない。しかしたいていは、ひっそりした雪の薄闇のなかで坐っている。マッツが寒さを感じることはない。

6

つぎにエドヴァルド・リリィエベリがスキーで街に行き、郵便物と食料品をもって帰ったときも、カトリ・クリングは待ちかまえていて、アエメリンあての手紙を要求した。頼みもしないいじ説明もしない。とにかく要求する。弟とまったく同じだ。ただ立って、リリィエベリが根負けするのを待っている。

「わかった」とリリィエベリが折れた。「もってけよ。ただし為替支払にかかわるものは慎重にな。どんな小さな紙切れもなくすなよ。あのばあさんが署名して、きちんと裏書されたら、金をひきだすのはおれの仕事だ。その金を一ペンニもたがえず渡してくれよ」

「よくいうわね」とカトリはいう、冷ややかな声で。「わたしが数字にいい加減だったことがある?」

リリィエベリはちょっと黙りこんで、認めた。「適当なことをいっちまった。考えなしだったぜ。たしかに、ここじゃこの手のことを任せられるのは、あんたのほかにゃいないからな」。そしてつづける。「とやかくいう連中もいるが、あんたの誠実さは折り紙つきだ」

カトリは店に入り、店主の無力な憎しみに迎えられる。彼女はいう。「アエメリンに郵便をとどけるわ。なにか注文の電話はなかった？」

「ないよ。アエメリンさんは缶詰を食べる。料理はできないんでね。そうだな、リリィエベリが腎臓をもって帰ってきたが」

「自分で食べれば？」とカトリが応じる。「腎でも肝でも肺でも好きなだけ。でも、自衛すらできない人に意地悪するのはやめるのね」

「だれが意地悪なんか」と店主は叫ぶ。ほんとうに傷ついたようだ。「村じゅうに配達してるがね、意地が悪いなんてことは……」

カトリはさえぎる。「スパゲッティ一袋、固形ブイヨン一箱、豆スープ二缶、小さいほうよ、それと砂糖一キロ。いまもっていく。あの人の勘定につけといて」

店主は抑えた声でいった。「意地が悪いのはあんたのほうだ」

カトリはまだ棚を物色している。「米も。半分調理してあるやつね」。そして「ばかなことを」とつけ加えた。これだ、この無関心にみちた拒絶の応答が、かつて彼の下心のある期待を憎しみに変えたのだった。まるで犬に命令をくだすような口ぶりだ。

ふたたび〈兎屋敷〉に来ると、カトリは犬を裏庭で待たせた。アンナ・アエメリンは坂をのぼってくる彼女をみて、すぐに扉を開けた。息せきって礼をのべたあとは、黙るしかなく、所在がない。カトリは長靴をぬぎ、食糧をもって台所にむかう。

「生肉はありません。料理しやすい缶詰だけです。郵便は午後にリリィエベリがとってきました」

「それはよかった」とアンナは叫ぶ。ほっとしたのは、郵便のせいでも缶詰のせいでもない。この奇妙な女性がようやくふつうの会話らしきことをいった、ただそれだけのことなのだ。「ほんとによかった……。缶詰は便利でいいわ、とくに小さいのは悪くなりにくくて……。生肉は不安なので、前にもいったかしら？　だって、日持ちがしませんものね。花もそうですが、責任を感じるとでもいうか。水やりが少なすぎたり多すぎたり。わけがわからなくて……」

「ええ、そうですね。でもここは暖かすぎます。花は熱に弱いので」

「ああ、そうかもねえ」とアンナはあいまいに答える。「きまって花を育てていると思われるのは、どうしてかしら……」

「わかりますよ。花に子どもに犬」

「はい？」

「花や子どもや犬が好きだと決めつけられる。でも、そんなもの、あなたは好きじゃない」

アンナは顔をあげ、するどく視線を走らせた。眼の前にある幅広の落ちついた顔は、なにも語らない。アンナはいい返す。「クリングさん、奇妙なご指摘ですこと。応接間《サロン》へどうぞ。コーヒーはお好きじゃないにしても」

ふたりは応接間に行く。やわらかな照明、空虚さと変化のなさが生みだす印象、悪夢につきものの重苦しい停滞。最初に感じたのと同じだ。アンナは黙って坐っている。

「アエメリンさん、過分のご親切には申し訳なくなります」とカトリは早口でいい、とつぜん、理由もなく、〈兎屋敷〉を飛びだしたくなった。アンナの前に郵便物をおき、「署名を要する為替の支払調書です」と切り口上で説明した。アンナは眼鏡をかけ、じっとみつめて、いった。「もう裏書してありますね。でもだれかしら。ずいぶん変わった名前ねえ。村に越してきた外国のかた？」

「いえ、名前はでっちあげです。なかなか珍しい名前でしょう？」

「おっしゃる意味がわからない」とアンナはいう。「まさか、そんなことを」

「わたしが裏書しました。時間の節約になります」

「何枚も紙があって、すべてにこの変わった名前の裏書があるわ。まったく同じ署名で」

カトリはちょっと笑った。ネオンのようにぱっと点いて、ぱっと消える、なにやらぞっとさせる閃光だ。彼女はいった。「アエメリンさん、わたしは代筆が得意なんです。村びとが書類をもってきて、ときには代わりに署名してくれというもので。お望みなら、あなたの名で署名もできます」

そしてカトリはアンナ・アエメリンの名で署名してみせた。このあいだもらったサインを正確に真似たものだ。

「信じられない」とアンナはいう。「ほんとうに器用なのね！　絵もお描きになる？」

「いいえ。いちども」

風が強くなってきた。雪が窓に叩きつけられる。村びとにつきまとって離れない、あの烈しい囁きをともなって。たまにふっと静かになる。

カトリはいった。「もう失礼します」

アンナは台所の扉を開け、犬をみた。毛皮を雪の結晶に覆われた大きな獣が、ぱっくり開けた口から白い息を吐いている。アンナは叫び声をあげ、扉を閉めようとした。

「危なくはありません」とカトリがいう。「よくしつけられた犬ですから」

「でも大きいわ！　口をあんなに開けて……」

「大丈夫。ただのシェパードです」

　女性と犬が坂道をおりていく。どちらも灰色の毛皮にくるまって。アンナは後ろ姿をみていた。いまも怖さで震えがとまらないが、好奇心にみちた昂揚がなくはない。アンナは考えた。カトリ・クリングは冒険の匂いがする。ほかの人とはちがう。なにに譬えればよいのか、あのちょっと笑ったときの顔……。知りあいにはいない、どの知りあいにも似ていない。ちがう。なにかの絵に似ている、どこかの本でみたような。アンナはふいに笑いだした。毛皮の帽子をかぶってにやりと笑うカトリは、じっさい〈大きな悪い狼〉にそっくりだったのだ。


　ほぼ隔年にアンナ・アエメリンの絵本は出版される。とても小さな子どもむけの、とても小さな本だ。文章は出版社が書く。出版社が明細書を送ってきた。前年度の書評がいくつか同封されている。気づくのが遅かった謝罪と挨拶がそえられて。アンナは新聞の切りぬきをひろげ、眼鏡をかけた。

「またしてもアエメリンには驚かされる。あのさりげなく愛情あふれる筆致ともいえる細密画の世界、彼女の自家薬籠中の世界、つまり森の地肌の描写によって。こまやかに築きあげられた細部のひとつひとつは、われわれに懐かしさと驚きを同時にもたらす。アエメリンはものの見方を、真の観察とはなにかを教えてくれる。文章のほうは、どうにか文字が読める年齢の子どもに合わせた注釈のたぐいで、一冊ごとに大差はない。だが、アエメリンの水彩画はつねにあたらしい。素朴ながらもきわめて巧みに、地表に貼りついた視線によって森の本質《イデー》をとらえ、その静けさと翳りをとらえる。差しだされているのは、前人未到の原生林なのだ。この苔の世界にふみこめるのは、ほんの幼い子どもだけだ。たしかに、兎たちがいてもいなくても、すべての子どもは……」

　アンナは批評が兎におよぶや読むのをやめる。二番めの切りぬきには似顔絵がのっていた。うんざりするほど使いまわされる例のやつだ。好意的なカリカチュアではあるが、画家は彼女ではなく兎を念頭において描いたらしい。ちょっと光った四角い前歯がいやに強調されている。これじゃぼんやり顔の白いぬいぐるみだ。いやいや、ばかなことを、とアエメリンは考える。だれもが新聞に似顔絵がのるわけではない。このつぎは歯をみせず、顎をひかなくては。それにしても、「はい、笑って」ときまって注文がつくのはなぜなのか……。

「アンナ・アエメリンの小型本は、表紙が洗えて扱いやすく、つねに好評を博する。

そして多くの言葉に翻訳される。去年の物語では、ブルーベリーとコケモモ摘みに重点がおかれていた。北欧の森林風景をかくも説得的かつ魅惑的に描きだすアエメリンに、大いなる敬意を表しつつも、やはり問いかけたくなる。正直なところ、これらステレオタイプ化した兎たちは……」

はいはい、とアンナはつぶやいた。いつだって上首尾とはいかない、なんにしてもね……。

子どもたちの手紙は後回しにしよう、すくなくとも当座は。部屋にすっぽりと護られて、アンナは掛け布団をひっぱりあげた。翳《かげ》ってゆく陽光のなかでランプの灯をつけ、中断していた頁の続きを読もうとした。『ジミーの冒険―アフリカ編』を読みすすむうちに平和が戻ってきた、期待していたとおりに。

7

寒さが本格的になった。リリィエベリはアエメリンの坂道の雪かきをする。スンドブロム夫人が不自由な脚でも歩いて通えるように。掃除は週に一回だけで、階上の部屋はひさしく閉めたままだが、それでも年寄りには手にあまる仕事らしく、スンドブロム夫人の文句は尽きない。

「ベッドカヴァーを編んだ収入で充分に食べられるだろうに」とニィゴードの女主人はいう。「掃除をするのがつらくなったとアエメリンさんにいえばいい。代わりの若い者ならみつかるよ。カトリ・クリングは店の仕事をやめて、〈兎屋敷〉に郵便物をとどけている。ちょっと話してみたらどうかね」

「彼女と話すですって！」とスンドブロム夫人はむきになる。「ちょいと行ってカトリ・クリングと話せって、いわれてもねえ。ご存知のはずだ。とにかく、あたしゃいやですよ。主義ってもんがありますからね」

「どういう主義かね？」と女主人は訊く。

しかしスンドブロム夫人には聞こえないらしい。窓の外に苦々しい視線を送って、雪についてお決まりの指摘をしてから、いやにあたふたとでていった。ニィゴードの屋敷をおとずれる客が坐るのは、ロッキング・チェアと決まっている。しかしスンドブロム夫人はそこでは収まらない。揺れるのがどうもねと文句をいい、扉のそばのソファベッドに腰をおろす。彼女だけだろう、この大きな台所をみたす稀有な安らぎに気づかないのは。何世代にもわたって人びとが出入りしてきたのだが、ここにはなぜか穏やかな気持にさせ、急いでいることを忘れさせる安らぎがある。女主人が動くのは巨大なかまど回りにほぼ限られる。あるいは両手を軽くおなかの上で組み、炉端の前の椅子に坐っている。村のほかの家では、場所をとりすぎるからとかまどを潰してしまい、だだっ広い室内はわびしく拠り所のない抜け殻と化してしまった。だがニィゴードの屋敷では昔と変わらない。女主人の娘たちや息子の妻たちが鉤針編みをするときは、彼女の模様パターンに倣い、かつて彼女の母方の祖母が決めた色の組合せを利用する。いちばんよく売れるのがニィゴード一家のベッドカヴァーなのだ。街の店に販売を依託する話があり、例によってカトリ・クリングに相談がもちこまれた。しかし彼女はいった。「いいえ、取次店は不要よ。高い手数料をとられて損をするだけよ。むしろ客を村に来させなさい。手に入れにくくするの。ほしいなら探せばいい。獲物は自分で狩るものよ」

カトリも鉤針編みをする。ほかの女たちのように。ただ、色があざやかすぎるし、黒が勝ちすぎる。

雪はあいかわらず降りつづき、除雪車がでるという噂もない。やむなくリリィエベリはスキーで街まで通いつづける。根が親切な男なので、小さいものなら買い物を頼まれてやる。たとえば薬、下着や鉢植の肥料、予備を切らした女たちには毛糸玉などを。リュックサックやそりにあまり余裕はないし、郵便物と店主の生肉を優先させなければならない。店の入口で村びとは自分の注文をとりわけるのだ。しかし図書館への使いはにべもなく撥ねられる。リリィエベリはカトリにいう。「マッツの本なら、アエメリンに借りるがいい。ずらりと本のならぶ本棚があるぞ。おれはこの眼でみた」。それでもカトリはアンナ・アエメリンと本の話をしようとしない。いままでは《兎屋敷》に郵便物をとどけにいっても長靴をぬがず、挨拶と用件だけいって、そのまま犬をつれて立ちさる。あきらめたのだ。自分のもちあわせていない愛想のよさ——単純だが、それなしにはアンナ・アエメリンに近づけない愛想のよさ——を駆使することはできないと理解したから。アンナ・アエメリンは、自分の領域を画すべくカトリがひいた境界の外側からでは、手のとどかない存在なのだった。

ニィゴードの女主人がアンナに電話をし、コーヒーを飲みにおいでなさいなと誘った。ご近所だし、若い者を迎えにやってもよいからと。

「ありがとうございます」とアンナはいった。ニィゴードの女主人は好きだ。「でも、えらく寒くなりまして、外出するのは一仕事なもので……」

「たしかに。必要にせまられるか気分がむくか、でなくてはねえ。もうすこし後にしましょう。お元気かしら？　なにか困ったことは？」

「いいえ、お電話ありがとうございます」

女主人はしばらく口をつぐみ、つけ加えた。「あなたのお父上はよく村を散歩なさっていましたね。よくおぼえていますよ。たいそう立派なお髭で」

その日、カトリが郵便をもってきた。

「まだ行かないで」とアンナは頼んだ。「あの、クリングさん、ずいぶん助けていただいて。パパとママの家をおみせしたいのよ」

ふたりはいっしょに部屋から部屋へと屋敷をみてまわった。どの部屋も独自の変わらぬ秩序にしたがっているのだが、カトリにはたいした差と思えない。どれも色あせた青で、なんだか気が滅入る。アンナはとりとめなく喋る。「これはパパが新聞を読んでいた椅子よ。雑貨店まで新聞を買いにいくのはパパと決まっていて。パパは新聞を順序だてて読むの。郵便物はめったに来なかったわね……。そうそう、これがママの夕べのランプ、シェードにはママが刺繡をした。この写真はハンゲーで撮ったものでね……」。カトリ・クリングはあまり喋らない。たまにそっけなく相づちをうつ。やがて最上階にやってきた。ひりひりするほど寒い。「ここはいつも寒かったわ」とアンナは説明をする。「お手伝いさんしか住んでいなかったから。客室はたいていからっぽだったわ。パパはお客を招くのが好きじゃなかった。生活のサイクルが乱されるからって。おわかりかしら……。でも手紙は山ほど書いて、自分で店まで投函しにいった……。そしてね、クリングさん、パパは村に知りあいはほとんどいなかった。でも、パパが通るとだれもが帽子をとったの、いわれなくてもね」

「はあ」とカトリは応じる。「それで、お父さんは帽子をおとりになったんですか？」

「帽子を？」アンナは呆然とくり返す。「そもそも帽子をかぶっていたかどうか……。変ねえ、パパの帽子を思いだせない……」。そしてすぐさま喋りつづけた。

アンナはひどく動揺している。多弁すぎる。さて、こんどはママの話になった。クリスマスに、村の貧しい人たちの家をおとずれて、小麦パンを配ってまわったんだとか。

「配られた人たちは気を悪くしなかったのですか？」とカトリはいった。

アンナはさっと顔をあげたが、すぐに眼をそらし、勇気をふるって話しつづけた。パパの切手蒐集帳、ママの処方箋の手帳、犬のテディのクッション、自分の善行と悪行が列挙してあり、大晦日にじっくり読みかえされたパパの日記について。アンナは両親の家を見境もなくさまよい、尊く愛すべきものを生まれてはじめて疑い、あげくのはてに白日のもとにさらけだす。タブーに挑んでいるという罪深い解放感にあおられて、もはや自分を押しとどめられない。気乗りしない客にパパの挿話や小話をつぎつぎと披露するが、カトリの沈黙を待つまでもなく、意味はすでに失われている。教会で高笑いをするにひとしい。剣呑な攻撃にさらされて、神聖なものの覆いが剝がされるが、アンナは頓着しない。声がうわずり鋭くなり、敷居につまずく。ついにカトリはそっとアンナの腕をとって、「アエメリンさん、もう、おいとまします」といった。アンナはふいに黙りこむ。カトリはやさしくつけ加えた。「ご両親はとても強烈な個性の持ち主だったんですね」

裏庭でカトリは煙草に火をつける。犬と合流して公道のほうへおりていった。疑問が戻ってくる、いくどとなく。なぜあんなことをいったのか。彼女のためか？　大事な記憶をうちあけたことを気にやまずにすむように？　まさか！　わたしのため？　そうじゃない！　だれかが暴走したら止めなくては、誇張はいただけない、それだけの話だ。

カトリがいなくなると、アンナは凍えはじめた。ふいに屋敷が人でいっぱいになった気がする。やみくもにだれかに電話したくてたまらない。だれでもいい。だが、なにを話すというのか。話しすぎてしまったとでも話すのが関の山だ……。でも、とアンナは考えた。ぶちまけなかったものがひとつだけある。自分の仕事はみせなかった。もっとも、これはパパやママとはなんの関係もない。

掃除の水曜日、スンドブルロム夫人は〈兎屋敷〉から帰る途中、カトリと犬にであい、坂道で立ちどまっていった。「どうでもいいが、あの人、ここ何週間も生ものを食べてないね。いままではわたしが食料をとどけてたんだが」

カトリは答える。「アエメリンさんは臓物が嫌いなので」

「なんで知っていなさる」

「本人がおっしゃいました」

「じゃあ、冷蔵庫のようすが変わってるのは？」

「汚かったので」

スンドブロム夫人の顔がじわりと赤くなり、道端にむかって吐きすてる。「クリングさん、掃除はわたしの領分で、自分のやりかたで片づけてるんだ。わたしの仕事にちょっかいをだされるのは気に入らないね」

カトリは答えずに笑った。だれだって、あの狼のうすら笑いには正気を失わずにいられまい。スンドブロム夫人はわめいた。「そうかい！　わかったよ！　だれかさんはあの人の屋敷にもぐりこむ気だね。あの人ときたら、芋の煮えたもご存知ないからねえ」。そして大柄な女性は坂道をくだっていった。

カトリは〈兎屋敷〉に来て、戸口に食糧の箱をおくと、今日は長居をしませんと言葉すくなに説明した。

「時間がないんですか、ほんのすこしも？」

「時間はあります。でも長居はしません」

「クリングさん、する気がないという意味かしら？」

「ええ」とカトリは答える。

アンナはにっこり笑って、ふだんの自信のなさをまるで感じさせない口ぶりでいった。「クリングさん、あなたってほんとうに変わった人ですね。これほど怖ろしいまでに――文字どおり怖いという意味でこの形容を使っているのよ――怖ろしいまでに誠実な人に遇ったことがないわ。ちゃんと聞いてくださいね。重要なことをいっているのだから。あなたは若くて、まだ人生をよく知らないかもしれない。でもね、たいていの人は現実の自分とはちがうものに自分をみせようとする」。アンナはちょっと考えて、つけ加えた。「ニィゴードの女主人は例外ね、でもそれはまたべつの話で……。ほらね、わたしは人が思うよりも気がつくんですよ。誤解しないで、もちろん、みんなは善意でそうするわけで。わたしはこれまで人の親切しか知らずに生きてきた。でもとにかく……。クリングさん、あなたはいつもあなた自身で、どことなく感じるのよ……」。アンナはためらいがちに言葉をついだ。「ほかの人とはちがう、あなたは信頼にあたいすると」

　カトリはアンナをみつめた。アンナがさりげなくではあるが、親しみをこめた真剣さで、〈兎屋敷〉にたいする正当な支配権をみとめるシグナルをよこしたのだ。アンナはつづけた。

「気を悪くしないでくださいね、クリングさん。ただ、人が期待することはぜったい口にしないあなたの対応のしかたが、なんだか気にいってしまって。いわゆる――そのう――礼儀正しさの片鱗すらなくて……。礼儀正しさはときに欺瞞だったりする、そうでしょう？　わかっていただける？」

「ええ」とカトリは答える。「わかります」

　カトリは犬といっしょに岬にむかう。雪の表面が凍りついている。春は近い、カトリ・クリングの春が。ついに大胆で誠実な賭け《ゲーム》に勝って、ほしいものすべてを手のとどく範囲におさめたのだ。あらたな力が身体をつらぬく。凍りついた雪を蹴って、浜辺の雪の吹きだまりに突進する。膝まで雪に埋もれて立ちどまり、両腕を高くあげて笑った。灯台につづく道で待っていた犬が唸った。低く、いさめるように、咽の奥から絞りだす唸り声だ。「静かに、伏せ」とカトリはいう。そして自分に命じる。平静と熟考、いまはこれが肝心だ。賭け《ゲーム》をつづけよう。これからは自分の武器で闘える。その武器は穢れていない。カトリはそう信じた。

8

「わたしが署名と裏書をしておいた為替が数通あります。送りかえす前にご自分でみてください。これはリリィエベリが引きだしてきた前回分のお金です」

「ご親切に」とアンナはいって、封筒を机にしまった。

「金額をチェックしないのですか？」

「なんのために？」

「金額が合っているかを確かめるために」

「まあ、あなた」とアンナは驚く。「確かめるまでもないわ。彼はまだ街にスキーで行っているの？」

「ええ、スキーで」。カトリはためらってから、つづけた。「アエメリンさん、お話ししたいことがあります。リリィエベリですが、時給でみても材料費でみても、雪かきと下水掃除の料金を高くとりすぎていました。彼にそういって、差額を返してもらいました。これがそうです」

「でも、そんなことはしないものよ」とアンナは叫んだ。「とてもそんなことは……。それになぜそう決めつけられるの?」

「料金の相場を調べて、彼にはいくらもらったかを訊いた、それだけの話です」

「信じられない」とアンナはいう。「ぜったいに。リリィエベリたちはわたしを好いてくれている、まちがいないわ……」

「信じてください、アエメリンさん。人間というのは、自分がやすやすと騙せる相手を好きになりはしないものです」

アンナは頭をふった。「困ったわ。それも屋根裏の窓から雪が吹きこむこの時期に……」

「わたしを信じて」とカトリはくり返す。「ちっとも困りはしません。リリィエベリはお望みのときに窓の隙間を埋めにきてくれます。以前よりも敬意をもって、しかも適正な料金で」

しかしアンナの心は休まらない。情けなくもあり必要もない騒動だった、もうリリィエベリとは自然なつきあいができない、といいはる。そもそもお金にしたって、それほど重要だとはかぎらないし……。

「マルッカやペンニはさほど重要でない、それはそうかもしれません」とカトリは答える。「重要なのは誠実であること、そして騙されないことです、たとえ一ペンニであっても。他人のお金を奪うことがゆるされるのは、そのお金を増やして、正当な分け前をさしもどす場合に限られるんです」

「あなたって、とつぜん喋りだすのね」とアンナはべつなことを考えながらいった。

カトリは応答にうんざりして、慎重さをかなぐり捨てる。「こういう問題を話しているついでに聞きますが、スンドブロム夫人にはいくらお払いですか？」

アンナは背筋をのばすと、ひどくよそよそしく答えた。パパが使用人に話しかけるときのあの口調である。「クリングさん、そのような瑣末なことはどうにも思いだせませんね」

9

マッツ・クリングとリリィエベリは村道で行きあった。

「ほう、きみが犬をつれて外出とはね」とリリィエベリがいう。

「うん。アエメリンさんの家に立ちよって、屋根裏の窓のことを話しあうのさ」

「修理するのはきみだと聞いたよ。雪が吹きこむんだとかで？」

「流しもまた詰まったって」

「なるほど」とリリィエベリがいった。「きみの姉さんが仕切っているわけか。まあそれもよかろう。凪《なぎ》になったら作業場で仕事をつづけようと思ってな。きみにもちょっとした仕事がある。どのみち、きみが海側から入りこんでるのは知っているぞ」

「ほかの人にいってないよね」

「ああ、いってどうなるもんじゃない。それから、役場が除雪車をだしてくれたんだ」

マッツはうなずいた。

「スンドブロム夫人はアエメリンの屋敷に通うのをやめるそうだね」とリリィエベリがいう。「あの坂道が脚にこたえるという噂だが、理由はべつだという連中もいる」

マッツはふたたびうなずくが、聞いてはいない。

ふたりは別れの挨拶をして、反対の方向に遠ざかっていった。

樅の林が〈兎屋敷〉にぴたりとよりそい、裏庭はいつも翳《かげ》っている。ここは寂しいな、とマッツは考えた。えらく寂しい家だ、大きすぎるからかな。犬は鼻づらを両足のあいだに埋めて、台所の階段のそばの決められた場所に寝そべった。

「そう、あなたがマッツね」とアンナ・アエメリンがいった。「来てくれてありがとう。あら、道具をもってきたのね。窓はそれほど急ぎじゃないのよ……。とにかく長靴をぬいで、ちょっとお入りなさい」。彼女は犬をみて、いった。「あの犬も入って暖をとればいいのに。姉さんはぜったいに入れてやらないのよ」

「犬は外にいるほうがいいんだ」とマッツは答えた。

「でも喉が渇いたら？　雪でも食べるの？」

「いいや」

「わんちゃん、おいで」とアンナは犬を誘う。「名前はなんていうの？」

「おばさん、かまわないで。あれはあれでいいんです」。マッツは長靴をぬいだ。

ふたりは応接間《サロン》でコーヒーを飲む。マッツはぺちゃくちゃ喋らないが、ときどきにっこりして、感心したように周囲をみまわす。アンナはしあわせな気持になった。

「雪明かりのせいね」とアンナはいった。「すべてが雪明かりで美しくなる」。マッツ・クリングはいい子だ。家のなかに招きいれてすぐに、いっしょにいると落ちつくと感じた。姉と弟でこうも性格がちがうとは。ただし、ふたりともむだ口はきかない。

「あのね」とアンナはいう。「はじめはあなたの姉さんが怖かったの。ばかみたい、でしょ」

「ほんとにそうだね」とマッツはうなずき、またにっこり笑った。

「そう。知らない大きな犬に敬意を払うようなもの、その犬がぴくりとも動かなくてもね。いまは喜んでいるわ、カトリが家事を手伝うと約束してくれたので……」

スンドブロム夫人の巨大な影が、さあっと怒りをおびて通りすぎた。アンナは身震いをして、ため息をつき、黙りこんだ。

マッツがいった。「へえ、『ジミーの冒険―アフリカ編』を読んでるんだ。あれはいいよ」

「そうね」

「でも『ジミーの冒険―オーストラリア編』はもっといいよ」

「あらそう? ジミーはまだジャックといっしょなの?」

「ううん、ジャックは南アメリカに残ったんだ」

「そう」とアンナは答えた。「それは残念だわ。つまりね、仲間がふたりで冒険を始めたのなら、ふたりで最後までまっとうすべきだわ。でなきゃ、騙されたような気がする」。アンナは立ちあがった。「いらっしゃい、わたしの本をみせるわ。フォレスターの海の本は読んだ?」

「いいや」

「ジャック・ロンドンは?」

「だれかがもう借りてたんだ」

「まあ、あなた」とアンナは叫んだ。「あれを読まずして本の話はしないで。本物の冒険を語るのはご法度《はっと》よ、いまだ冒険のボの字も知らないのだから」

マッツは笑った。アンナの書棚は四隅を彫刻で装飾された大きな白い家具だ。ふたりは書棚をみてまわる、じっくりと時間をかけて。ほんとうに重要な事柄がそうであるように、簡潔な質問と注釈をまじえながら。アンナの書棚には冒険物語しかない。陸地をめざし、大海にくりだし、気球に乗りこみ、驚異にみちた地底や海底へおりたって、冒険をくりひろげる。ほとんどは古い本ばかりだ。アンナのパパが長い人生のあいだに蒐集した本である。ふだんは非合理な空想《ファンタジー》とはいっさい縁のない人生だったのに。ときどきアンナは思った。敬意を払えとパパから教わったすべてのうちで、この蒐集《コレクション》が最良のものだったのではないかと。とはいえ、この遠慮がちな考えがパパについての異なる評価を翳らせたわけではない。

マッツが本の包みをかかえて家に帰るとき、屋根裏の窓の修理は話題にものぼっていなかった。マッツは『ジミーの冒険―オーストラリア編』をもって翌日また来ると約束し、アンナは街の書店に長電話をした。

マッツは窓と下水を修理した。雪をかき、薪を挽《ひ》き、アンナの美しいタイルストーヴに火をおこす。しかし、たいていは本を借りにやってくる。マッツとアンナのあいだには友情が芽生えつつあった。遠慮がちで、むしろ照れくさそうに。本の話しかしない。いつも同じ主人公たちが登場する物語では、特定しなくてもジャックやトムやジェーンに言及し、彼らがその後どうしたこうしたと語りあえる。共通の知人についての罪のない噂話に花を咲かせるようなものだ。文句をつけたり、誉めちぎったり、ぞっとしたりしながら、遺産の公平な分配、恋人たちの結婚、悪者の因果応報の末路といったハッピーエンドを存分に味わう。アンナは昔の本をあらためて読みなおし、いちどきに友だちの大きな輪をみいだした気がする。そこではだれもが多少なりとも冒険を生きている。アンナはしあわせだった。夕方にマッツが来ると、台所でコーヒーを飲み、それぞれの本を読み、お喋りをする。カトリが入ってくると、ふたりは口をつぐみ、カトリがでていくまで黙っている。庭側の扉が閉まった。カトリが家に帰っていくのだ。

アンナが訊いた。「姉さんはわたしたちの本を読むの？」

「いいや。読むのは純文学さ」

「たいした女性だわ」とアンナは指摘する。「そのうえ数学の才能がある」

10

最初の春の嵐が海から吹いた。暖かい疾風だ。雪がはやくも重くなって解けはじめ、嵐が吹きすさぶ森のなかで、大きな雪塊が枝からすべり落ちる。その衝撃で折れる枝も少なくない。森全体が動いていた。夕方、アンナは屋敷の裏にある樹の下に行き、じっと立ったまま、耳を傾けていた。いつものことなのだが、風景が春にそなえて伸びをするこの時期、アンナは強烈な動揺をおぼえる。懐かしく、寿《ことほ》ぐべき衝動だ。聞き耳をたてているうちに、その兎の顔は変貌をとげ、ひき締まって、厳しくなる。風の襲撃に揺れる樹の動きのなかに、さまざまな声や旋律やはるかな叫びが生まれる。アンナはひとりでうなずく。長い春が最初の一歩をふみだしたのだ。

もうすぐ地面に近づくことができる。

翌日も嵐はつづく。カトリは家に帰り、階段で長靴の雪を払った。店には客がひしめき、汗と興奮の酸っぱい臭いがする。ふいの沈黙を破って、スンドブロム夫人が声をあげた。「おや、こんばんは。アエメリンさんの今日のご機嫌はいかが？　あたらしい署名はなしかい？」

店主が笑いだした。カトリは彼らのそばをすり抜けて階段にむかう。

「それでさ」とフスホルムのエミールが言葉をつぐ。「時代も悪くなったもんでね、注意するにこしたことはない。連中、ここにだって来るかもしれない。何マイルも離れちゃいねえし。じきに夜には閂《かんぬき》をかけるようになるさ」

「警察ではなんだって？」とリリィエベリが訊いた。

「警察なんてものはよ、その辺をみてまわって、聞きこみをして、そんで家に帰って報告書を書くだけさ。噂じゃ、換気弁までかっさらってったとよ」

「イエスさま、お助けを」とスンドブロム夫人が割って入る。「アエメリンさんとこときたら、どの扉にもまともな鍵ひとつありゃしない。そうさね、あの人もせいぜい気をつけるこった！」

カトリは階段の途中で立ちどまった。

「なんにもみてないのか、そのかわいそうな男はよ？」とリリィエベリが訊く。

「なんにも。小屋のなかでごそごそ音がしたんだと。で、みにいった。つぎの瞬間、頭にガツンと食らった。とまあこんなぐあいさ」

マッツはベッドで寝そべって本を読んでいた。「お帰り。フェリー乗り場の近くで強盗があったって聞いた？」

「聞いた」とカトリは答え、コートをしまった。

「すごいと思わない？」

「ええ、とってもね」とカトリは答える。窓ぎわの机のそばで、マッツに背をむけて、マッツの本の一冊を適当にとりあげ、沈黙が部屋をつつみこむに任せた。考えを隠すために手にした本が『カッレ、警察に一杯食わせる』だったことは、カトリの意識についぞのぼらなかった。それはそれでかまわない。たとえ気づいても、そんな冗談に意を払いはしなかっただろうから。

カトリは〈兎屋敷〉への架空の窃盗を計画する。かなり子どもっぽい企みだとは一瞬も思わずに。ひとつの好機が、願ってもない機会が降ってわいた。風が吹き、村が動揺しているいまこそ、摑まなければならない。

カトリが犬についてこいと合図したとき、夜は更けていた。ポケットランプと手袋とジャガイモの麻袋をもって、カトリと犬は雪嵐をついて歩きだした。最高の冒険物語よろしく沿岸にむかって風が吼え、道をみつけるのもむずかしい。ポケットランプは役にたたない。道端の雪の吹きだまりに足をとられては、苦労して抜けださねばならない。のろのろとしか前に進めない。屋敷への脇道がみつからず、後戻りをした。台所の扉のそばのいつもの場所で犬を待たせ、長靴はぬがず、できるだけ大量の雪をマットになすりつけた。室内では嵐がより身近に感じられる。風が間《ま》をおいて猛攻撃をしかける。意図的な悪意にみちた力となって。カトリは自分で磨きあげたアエメリン家の銀器類がならぶ食器戸棚の上に、ポケットランプをおいた。その一筋の光を頼りに、紅茶ポット、砂糖入れ、クリーム容器、サモワール、デザート皿と、銀器という銀器はそっくりジャガイモ袋にしまいこんだ。細心の注意を払いながら抽斗《ひきだし》をいくつか引きぬき、中身を床にばらまいた。台所の扉を開けたまま、立ちさった。これはただの住居侵入だ。劇的もしくは倫理的な懸念とは無縁のたんなる実務、でなければならない。カトリは歩兵《ポーン》を動かして、お金をめぐる賭け《ゲーム》の状況を変えたにすぎない。アンナはこのあらたな一手の前に立ちはだかる敵対者でしかなかった。

カトリは公道にでると、ジャガイモ袋を道端に投げすて、家に帰った。そしてずいぶんと久しぶりに、孤独や苦悩の翳りもない穏やかな夢にあやされて眠った。

アンナは事件を驚くほど冷静にうけとめたが、村びとたちはひどく衝撃をうけた。アンナ・アエメリンを個人的に知る者はいない。めったに外出をしないので、彼女の外見すらよく知らない者も多い。それでも彼女は、昔からいつもあった古い道標のように、ひとつの表象《イメージ》となっていた。あの老アエメリンの〈兎山荘〉を訪問するのは、不穏当にして、礼拝堂または記念碑の平和を乱すにひとしい行為である。けれども今回ばかりは、隣人がつぎつぎと見舞いにやってきた。〈兎山荘〉に入ったことのない者はこの機を逃さなかったのだ。抽斗はごちゃごちゃのまま床に放置されている。警察が到着するまで手をふれてはならない。指紋がみつかるかもしれないのでと、アンナは説明する。銀器の入ったジャガイモ袋は台所の扉の内側においてある。これもさわってはならない。多くの客がコーヒー用の菓子パンをもちより、リリィエベリはコニャックの小壜を持参した。

アンナは街の警官との出逢いをたっぷり愉しんだ。彼に話をし、説明をし、事件を再構成する手助けを惜しまなかった。カトリは全員の分のコーヒーを沸かし、アンナは扱いに困るほどふんだんに忠告をもらった。みんなの見解を要約したのがニィゴードの女主人だった。当地域の安全が回復されるまで、アンナ・アエメリンはひとり暮らしをすべきでない、でなければ村としては責任をとれない、というものだ。女主人はカトリ・クリングがうってつけの保護者だと提案し、しばらくは犬を勝手口で寝かすのもよかろうと示唆した。年齢も経験もかさねたニィゴードの女主人は村びとから尊敬されていたし、警官も彼女の意見に賛成した。コーヒーブレイクのあと、警官は報告書をまとめに街に戻り、村びともそれぞれの家に帰り、アンナとカトリだけが応接間《サロン》に残った。

「さてさて」とアンナはいった。「ちょっとした見せものだったわね。なぜ指紋をとらなかったのか理解に苦しむわ。ふつうそうするわよね。それに泥棒がなぜ袋を溝に投げすてたのか、だれも説明できない。いったいだれを怖がったのかしら……？　このあたりじゃ夜中にうろつく人もいないのに。犬かしら？　良心が咎めたはずもないし……。あなたはどう思う？　昨夜はどこかの犬が外にいたのかしら？」

「そう思います」とカトリはいった。

アンナは坐って考えていたが、ふいに訊いた。「推理小説を読んだことは？」

「ありません」

「わたしたちもないわ……。わたしね、ニィゴードさんの言葉を思いだしているのよ……。朝に気丈でいるのはむずかしくないが、夕暮れになると話はべつだって。犬といっしょに泊まってくださるのはありがたいわ。ほんの数晩だけね。いずれ忘れてしまうから。わたしはすぐに忘れてしまうのよ……」

11

カトリは〈兎屋敷〉に引越し、犬は台所の扉の内側に居場所を得た。初日、カトリはひどく興奮し、どんな単純な作業も自分の手にあまると感じた。ひとつだけ確信がある。できるだけひっそりと移動し、できるだけ姿をみせず、いわば影になること。アンナをひさしく甘やかしてきた保護膜をすこしでも傷つけぬために。時間もない。まさに一瞬一瞬が重要なのだ。数日後にはこの屋敷を完全に掌握し、ひとり住まいでなくても自立はできるとアンナを説得しなければ。一方、アンナは薪の焔の前に坐って、ただ凍えている。かつてない寒さに震えながら、この家がかくも徹底的にからっぽでみじめなことに、なぜ気づかなかったのかと訝《いぶか》っていた。

カトリがやってきて、おやすみの挨拶をする。「思うに」とカトリは慎重に切り出す。「閂《かんぬき》をどうこうしても無意味ではないかと……」

「え?」とアンナは背筋を伸ばした。「閂がどうしたって?」

「扉の閂はきちんと掛かっていないという意味です。ただし、いま閉じこもれば、今後もずっとそうしなければなりません。つまりあらたに心配の種がふえるだけで……」

アンナはいらいらする。「なんの話？　なぜいまさら閉じこもるのよ？　もう充分に塞がれているでしょうに！　そんなこと気にせずに、おやすみなさい」

朝になると、姿のみえないカトリが、朝食のトレイをアンナのベッドのそばにおく。タイルストーヴには火が燃え、器には常緑樹の枝が入り、ガウンのヘムは繕われている。アンナの皿のそばには、読みかけの本がしかるべき頁に栞をはさんで開けてある。こまごまとした配慮が、いたるところに、一日じゅう、感じられる。しかしカトリはあいかわらず姿がみえない。アンナはますます不安になる。家のなかに精霊がいる。民話のお城に住みつく、呪文で縛られた従順な精霊、いたるところに居合わせるくせに、視線をつねに逃れていく、あの働き者の架空の存在だ。気配をちらと認めてふりむく。が、だれもいない。閉まる扉、音もなく。生まれてはじめて、孤独な人生のなかで、アンナはこの家をつつみこむ沈黙に気づいた。首筋にぞっと冷たいものが走る。夕闇が近づくと堪えられなくなり、用心ぶかく犬を迂回して台所に行った。台所はからっぽだ。そこで階段をかけあがり、部屋の扉の外で叫んだ。「クリングさん！　そこにいるの？　あなた、いったいどこにいるのよ！」

カトリは扉を開けた。「どうしました？　なにが起きたんです？」

「なんにも！」とアンナが答える。「なんにもない、まさにそれが問題なのよ。あなたは忍び足で歩きまわる。どこにいるか、わたしにはわからない。まるで壁紙の裏側に鼠がいるみたい！」

カトリは戦術を変えた。すばやい足音をあちこちに響かせ、皿をがちゃがちゃさせ、庭でマットの埃を叩き、なにやかやと指示を仰ぐために、四六時中アンナの前に姿をみせる。しまいにアンナはいった。「あのね、クリングさん、自分でしっかり処理できることを、なぜわざわざ聞きにくるの？　あなたらしくない。神経質にならないで、保証するわ。心配する理由などないのよ」

「アエメリンさん、なんの話ですか？」

「泥棒よ、もちろん」とアンナはいらいらする。「例の泥棒のことよ」

カトリは笑いだした。あの怖るべき薄笑いとはまったくちがう笑い。顔全体がいかにも愉しげな笑いでぱっと開き、きれいな歯がこぼれた。

アンナはカトリをじっくりみた。「あなたが笑うのをみたことがなかった。めったに笑わないの？」

「ええ」

「なにがそんなに愉しいの？　あの泥棒騒ぎ？」

　カトリはうなずいた。

「へーえ、愉しい、ねえ。それにしても、最近のあなたはあなたらしくない。なにが原因なの？　以前のあなたのほうがいいわ」

　三時近くに電話が鳴り、カトリが応対にでた。

「なるほどね、あんたか」と店主がいった。「アエメリンさんはいまじゃ自分で電話にもでないってわけだ。あの人に伝えてくれよ、警察がやつらを捕まえたって。べつな山荘を襲ったのさ。ところでお世話係のほうはどうだい？」

　カトリはいった。「ミルク二瓶とイースト、つけで」

「ちかごろじゃパンも焼くのか？〈兎屋敷〉もえらく大所帯になったようだな！」

「ええ、それで全部よ。なにかあれば電話するわ」。カトリは受話器をおき、台所に戻った。

「なぜ店主が電話してきたの？」と後ろからアンナが訊いた。「これまではなかったことよ」

「イーストを注文しました。小麦粉はありましたから」。カトリは半開きの扉口に立って、まっすぐアンナをみた。「ついに」とカトリはいった、そっけなく。「捕まりました」

「ええ？」

「泥棒たちです。もう危険はなくなりました」

「ああ、それはよかった」とアンナは応じた。「驚いたわ。あのお巡りさん、さほど有能にみえなかったけどね。それより、忘れないうちにいっておくわ。あなたの部屋の鉄ストーヴを点検するようマッツに頼んでもらえる？　吸気が悪くて。いつもそうだったのよ。この天気がつづくようじゃ、あなたに風邪で寝こまれるのがおちだもの。それともべつの理由でかしら？」とアンナは別れぎわにいって、読書に戻った。

　夕方、カトリは応接間《サロン》に火をおこす薪を運びいれた。「かなり湿っています。屋根があるといいですね。納屋のような」

「それはだめよ。パパは納屋が嫌いだったの」

「じき雨季に入りますよ」

「でもね」とアンナはいう。「昔から薪は家の壁沿いにおくと決まっているし、納屋は建物の均衡を崩してしまう」

　カトリはあの苦々しい薄笑いをうかべ、反論する。「まあ、それほど美しい山荘とも思いませんが。もっとも、同時期のもっとひどい代物をみたことはあります」

ようやく薪に火がつくと、アンナは暖炉の前に坐って、「薪の火っていいわね」といい、ついでに指摘した。「以前のあなたに戻りつつあるみたいね、ありがたいことに」

翌日、アンナは三人でささやかなお祝いをしたいと申しでた。カトリも台所で食事をせず、テーブルに銀器をならべ、葡萄酒とキャンドルも揃えてほしい。

アンナはディナーセッティングをこまやかに指図し、食卓作法をいろいろと変更する。これらのディテールは、当然ながらカトリのような世代と育ちの人間にとって、けっして自明ではないのだ。マッツは定刻にあらわれた。愛想はよく、ちょっと緊張ぎみだ。三人は食卓についた。アンナは会食のために着替えをした。これまで接待主の役回りに気疲れしたことはなかったが、今日ばかりは、彼女の愛すべき繊細な感受性も役にたたない。脈絡のない言葉がかわされても、会話には発展しない。アンナは招待客の沈黙には気づかぬふりをして、会食をなりゆきに任せた。カトリが給仕に立つたびに、アンナはさっと視線をあげるが、またすぐにそらす。クリスタルのシャンデリアにはランプの灯が煌々《こうこう》とかがやき、壁の燭台のキャンドルにも火がともり、食卓をまばゆく照らす。デザートが運ばれてきた。

アンナは葡萄酒のグラスに手をのばしたが、高くあげて乾杯するのをやめた。彼女がふいに動きをとめたので、客たちの動きもとまった。しばし部屋は一枚の写真のように停滞した。

「注意力を」とアンナは口を開いた。「まったき注意力をほかの人に注ぐ、これはめったにみられない現象よ。そうね、ごく稀にしかない……。じっさい、たいへんな直観と思考の力が必要だわ。相手が口にせずとも心から焦がれているものを知ること、といえるかしらね。けっこう本人すら気づかずにいる。自分に必要なのは孤独だ、または逆に、だれかといっしょにいることだと思って……。人間ってわからない……」。アンナは口をつぐみ、言葉を探し、グラスをかかげて飲みほした。「この葡萄酒は酸っぱいわね。長くおきすぎたかしら。戴いたマデイラで栓の抜いてないのはなかった？　いえ、そのままにして。話の腰を折らないで。いいたかったのはね、じっくり時間をかけて相手を理解し、話に耳を傾け、その生にかかわろうとする人間は、めったにいないということよ。このあいだは舌を巻いたわ。クリングさん、あなたはわたしの署名をみごとに真似る。わたし自身が署名したみたいに。あなたの思慮ぶかさを、このわたしにむけられた配慮をしめす特徴といっていい。じつに珍しいことよ」

「そうでもないです」とカトリは指摘する。「マッツ、クリームをこちらへ。たんなる観察の問題です。なにかの習慣や行動様式を観察して、欠けたものや足りないものをみぬき、手当てをする。ただの定石。そして力をつくして改善する。あとはようすをみるだけです」

「なにをみるというの?」とアンナはいう。逆なでされた気分だ。

「その後のなりゆきを」とカトリは答え、アンナをまっすぐみた。いま、その眼は正真正銘の黄色だ。カトリはゆっくりと言葉をつぐ。「アエメリンさん、人が互いに相手にすることなんて、行為としてみれば、たいした意味はありません。意味を決めるのは行為の目的、なにをめざしているのか、どこに至ろうとしているか、ですから」

アンナはグラスを脇におき、マッツをみる。彼はにっこりする。会話についていく気はまるでないらしい。

「クリングさん」とアンナは口を開いた。「あなたって妙なことを気にするのね。だれかを助けたり歓ばせたりする方法をみつけたとするわね。それって裏も表もない、ただみえるとおりのもので……。ねえ、マデイラ、それともポートワイン、あれはどうなったの? パパのいちばん上等のグラスをとって。上の棚にある、右側よ。でね、邪魔しないで。いいたいことがあるのよ」。アンナはいらいらと待っている。グラスに酒が注がれると、アンナは早口でいった。怒ったような口ぶりで。そもそも上の階は空いているのだから、カトリとマッツが引越してくるのが、すっきりと実務的な手はずではないかと。アンナは乾杯するのも忘れて、食卓から立ちあがり、客たちに夕べの挨拶をした。「話はまた明日にしましょう。マッツ、薪の火が燃えつきたら、ストーヴの調節弁を閉めておいてね」

　自分の部屋に落ちついてはじめて、アンナは戦慄にとらえられた。ぶるぶる震えながら扉の内側に立って、待っていた。しかしカトリは来ない。そろそろ来てもいいはずなのに。しまいに掛け布団の下にもぐりこみ、とり返しのつかない決断から隠れようとする。もうひとりでいられない、そう決断したのだ。しかし熱すぎる。沈黙が長すぎる。アンナはキルトを跳ねとばし、がばと起きた。応接間《サロン》はからっぽだ。勝手口で犬につまずいた。どうも犬にはなじめない。犬にぼそぼそと謝り、やっと雪に覆われた庭にでた。開けっぱなしの扉が、背後で、風にばたばたと音をたてる。森のなかに数歩ふみこむと、心をなごませる警告のような寒さに迎えられ、アンナは足をとめた。カトリは台所の窓のそばでじっと立って、待っている。アンナが戻ってきた。扉がふたたび乱暴に閉じられる。しばらく物音もしない。ふいにアンナがどなった。大声で、ひどく怒っている。「クリングさん！　犬の抜け毛がひどいわ。そこらじゅう毛だらけじゃない。ブラシをかけてやってちょうだい！」

カトリはアンナの足音が遠ざかるのを待って、息を吸いこんだ。深く、ゆっくりと。それから音をさせずに皿洗いをつづけたのだった。

12

引越しにはエドヴァルド・リリィエベリの車を使った。段ボール箱が数個、スーツケースが二つ、それに小さな机と本棚だ。

「お安いご用さ」とリリィエベリがいう。「ほんの戸口から戸口の距離だ。どこの村にもお抱えの運送業者がいるとはかぎらんがな!」彼の笑い声を聞くのは気持がいい。カトリは店の階上の部屋をきれいに磨きあげる。いうならば細心の憤怒をこめて。喧嘩がゆるされないときに、掃除をして発散する女たちのように。洗い流すのは、嫉妬やつまらぬ利得のからんだ隣人たちの恥ずべき噂話。夜ごとカトリをおとずれたあの暗い考えごとも。とくに敷居のあたりに力をこめる。店主がなにかと用事にかこつけて立っていた場所だ。ものほしげに抜けめなく待機して、合図を待っていた。このまま彼女を憎みつづけるべきか、自分の欲望にささやかながら足掛かりを築く努力をすべきかを決めるための合図を。部屋は病室のように清潔に、波に洗われた岩礁のように剝きだしになった。リリィエベリはスーツケースを車に積みこみ、「そうら、乗った、魔女さんよ」といった。「灰かぶり姫《シンデレラ》がお城にお出ましだ！」リリィエベリがエンジンをかけると、店主がどなった。「アエメリンさんによろしくな！　兎の肉も手に入ると伝えてくれよ！　新鮮な、殺されたてのやつな！　あの人にぴったりの肉さ……」。村の子どもたちが車を追って走り、喚声をあげ、雪玉を投げつけた。

「まずはこんなとこだな」とリリィエベリはカトリに笑いかけた。「出世には盛大な見送りがつきもんさ」

アンナは街に住む幼なじみのシルヴィアに電話をした。いざとなると、電話できる相手はほかに思いつかない。

「久しぶりねえ」とシルヴィアの均斉のとれた声がする。「奥深い森の暮らしはどうなの？」

「ええ、すべて順調よ……」。息が苦しい。彼らはいまにも到着する。焦って、脈絡もなく、なにが起きたかを友だちに伝えようとした。カトリ、マッツ、それから犬……。すべてが変わってしまう、すべてが……。

「間借りをさせたの？」とシルヴィアは訊く。「そんな必要ないじゃない。ほかの人ならいざ知らず、余裕のあるあなたがなぜ？　それより、いまなにかあたらしい仕事をしているの？　ちょっとした物語とか？」

アンナの仕事によせられるシルヴィアの関心は、これまではきわめて重要であった。だが、いまはそれどころではない。アンナは気分を害していい返す。自分は冬のあいだは仕事をしない、そのことはシルヴィアも知っているはずだと。そして、ヴェランダの窓から公道に眼をやりながら、息せき切ってカトリについて喋りつづけた。

「なんとまあ」とシルヴィアは長広舌をぬって口をはさむ。「ずいぶん興奮しているわね。大丈夫なの？」

「ええ、ええ、大丈夫……」

アンナの友だちは自宅でおこなった改装の説明を始め、あらたに発足した水曜の教養例会の話に移った。「例会にあなたも参加なさいよ。とにかく一度いらっしゃい。まったく外出しないのはよくないわ。わたしもながらく寡婦だったから、よくわかるのよ。ひとりでいてはだめ、いろんなことを考えるばかりで……」

「ひとりじゃなくなるんだってば！」アンナはどなった。「そのことをあなたに話そうとしているのよ！　全部で四人！　わかる？　犬を入れて、四人……」。アンナは声を低めた。「リリィエベリの車よ。彼らが来た。もう切らなくては……」

「それじゃ、また連絡するわ。身体に気をつけて。よく考えて、なんにせよ性急にやらないこと。間借り人にはね、用心するにこしたことはないわ。そういう話は耳にタコができるくらい聞くものね。くり返すけど、都合がついたら一度わたしのねぐらにいらっしゃい」

「ええ、そうね、わかった……じゃ、さよなら、さようなら……」

「さようなら、アンナ」

彼らが坂道をのぼってくる。アンナは窓に貼りついて、彼らが近づくのをみている。心臓がどきどきする。ただひたすら逃げだしたい、道あるかぎり、どこまでも。ふいに原始的な衝動にかられる。ばかだった。なぜこんなことをしたのか……。大好きで尊敬しているシルヴィアにひどいことをした。あんなふうに声を荒げ、いらいらするなんて。親切に応対してくれて、仕事のことを尋ねてくれたというのに……。電話すべきじゃなかった。だけど、あのときは切実に感じた、信頼できる人に話を聞いてもらわなくてはと。じっくり聞いて、いろいろ質問をして、「なかなかいいんじゃない」といってくれる人を求めていたのだ。またはこんなふうに。「アンナ、すてきじゃない！　あなたって、自分のやりたいことを自覚していて、しかも実現してしまうのね、電光石火の早業で！」

マッツとアンナは階段をあがって、階上の部屋にむかう。マッツがいった。「おばさんに想像できるかな。ぼくは自分の部屋をもったことがないんだ」

「そう？　びっくりするわ。カトリがばら色の寝室を選ぶなら、あなたは青の寝室にすればいいかなと、考えていたんだけど。昔はとても評判のよかった部屋なのよ」

ふたりは扉口に立って、部屋をのぞきこんだ。マッツはなにもいわない。しびれを切らしてアンナが訊く。「気に入らないの？」

「すごくきれいだ。でも、おばさん、この部屋は大きすぎる」

「え、大きすぎるって？」

「ひとりには大きすぎる。こんな大きい部屋に慣れてないから」

アンナは困って、これより小さい部屋はないのよと説明した。

「そうかなあ。こういう大きな家を建てるとね、たいていどこかに押入れみたいな部屋ができるもんなんだけど。計算をまちがえて、屋根裏あたりに隙間ができるのさ」

アンナは考えた。「たしかに女中部屋はある。でも、いまは荷物がいっぱいで。それにすごく寒い部屋だった」

ふたりは女中部屋に行った。じっさい寒さがこたえる。せいぜい廊下の幅しかない。

家具類、さまざまな品物、かつては品物だった物体、いまや正体不明の物体の断片が、斜めになった天井と奥の窓から入る冬の光に照らされた壁にむかって、雑然と積みあげられている。

「こいつはいいや」とマッツ。「すごくいい。この品物どこに動かせばいい？」

「さあね……。ほんとうにここに住みたいの？」

「うん、そうだよ。でも、この品物はどこに動かせばいいの？」

「好きにしてよ。どこへでも……。わたしはちょっと部屋に戻っているから」。この空間はアンナを怯えさせた。自分を脅かす、ぞっとするほど憂鬱な存在として。立ちさっても、部屋はついてくる。あざやかに映像がうかびあがる。お手伝いのベーダの姿だ。少女のころからずっと屋敷で働き、あの屋根裏のぶきみな部屋に住まっていた。成長とともに眠りをむさぼるようになり、やがて暇があると眠ってばかりいた。何枚もかさねたカヴァーをかぶって、ただ眠っていた。気味が悪い。アンナは思いだす。ベーダに用があるときは、わたしが彼女を呼びに上の階に行かされた。行くといつでも彼女は眠っていた。あれからどうなったのかしら？　いなくなってしまった、病気になったから……。思いだせない。それにあの家具の山、あれはどこにあったのか。記憶にはないけれど、どこかにおいてあったはずで、それなりに意味があったのだろう……。たいせつなものだった、ある時期、だれかにとって……。

　アンナはベッドに横たわり、天井をみつめた。電灯を縁どる漆喰の薔薇の小さな花輪が、同じパターンを反復する帯となって寝室を囲いこむ。耳をすます。重い物体が引きずられて、どさりと落ちる。行ったり来たりする足音、そして沈黙。これがアンナにますます聞き耳をたてさせる。また、引きずられて落ちる音がする。屋根裏ではすべてが場所を変えていく。アンナ・アエメリンの寝室の真上にあって、邪気のない天の蒼穹のごとく、はるかな不変性のうちに安らいできた過去の遺物のすべてが、急激な変化の渦に呑みこまれていく。いずれにしろ、とアンナはつぶやいた。めいめい自分の流儀をつらぬくだけよね、もう眠ろう。クッションで頭を覆ってみたが、どうしても眠れなかった。

「あれをみんなどこへやったの？　そんな場所があったかしら」

「ありませんでした」とカトリは答える。「大半は氷の上に積みあげ、残りはリリィエベリが街の競売会場に運びました。売れたら代金をもって帰るはずです。たいした金額にはならないでしょうが」

「クリングさん」とアンナは訊く。「あなたね、自分でも勝手な決定だったとは思いませんか?」

「まあそうですね」とカトリは答える。「でも考えてみてください、アエメリンさん。あの壊れた家具について、どれもこれも哀れで無意味な品ばかりですが、いちいちあなたの指示を仰いだとします。これは残そう、これは捨てよう、これは売ろうと決めるのに、あなたはきっと往生したでしょうね。いまはもうすべてが決定され解決ずみです。これも悪くないとは思いませんか?」

アンナは黙りこみ、やがて口を開いた。「そうかもしれない。それでもやっぱりずいぶん勝手なやり口だったとは思うわ」

はるか遠くの氷の上で、黒々としたがらくたの山が積みかさなって、氷解けを待っている。自分の持ちものを処分できなかったパパとママのまったき無力さの象徴として。すごいことだわ、とアンナは考えた。氷が割れて、すべてが沈む。まっすぐ沈んで、消えてしまう。大胆な企て、恥知らずといっていいほどの。シルヴィアに話さなくては。そのあとアンナはこうも考えた。いやいや、すべてが沈むとはかぎらない。どこか遠くの浜辺に流れつき、だれかがみつけて、どういう理由《わけ》で、どこから流れてきたのか、と訝《いぶか》るかもしれない。まあ、どっちに転んでも、アンナの責任ではない。

13

〈兎屋敷〉に静けさが戻ってきた。マッツは姉と同じくらい静かに動くので、家にいるのかいないのか、アンナにはわからない。マッツとアンナが互いの扉の中間で行きあうと、マッツは足をとめ、独特の礼儀正しさでしばし不動の姿勢をとり、にっこり笑い、頭をさげ、それからまた歩きだす。カトリが弟に感じていた一種の羞恥を、アンナもまた感じた。特段に話すべきことはみつからない。それに、たまたま行きあったからといって、階段で通りすがりにかわす日常的な台詞でマッツを煩わせるのは、礼を欠くような気さえした。マッツとアンナはもっぱら本を介してむすばれている。その他の事柄いっさいは互いに尊重すべき中立地帯《ノーマンズランド》なのだ。家のどこかで槌音が聞こえても、アンナはみにいかない。ボートの作業場でもそうだが、マッツはひっそりと仕事をし、すませた仕事をみせびらかしもしない。ただ家のなかを歩きまわり、手当てが必要なものを探りだし、それを整備する。〈兎屋敷〉では、時代遅れになったり、破損したり、腐食したりといった箇所が少なくない。傷みはじめた古い家によくある、ちょっとした不具合だ。しばらくしてアンナは気づいた。扉がきしまなくなり、窓が開くようになり、隙間風がなくなり、捨ておかれていたランプに灯がつくようになったことに。多くのこまやかな配慮は、アンナを歓ばせ、驚かせた。驚きといえば、とアンナは考えた。わたしは驚かされるのが大好きだ。わたしが子どもだったとき、両親が復活祭の卵を隠し、わたしは家じゅうを捜した。小さくて、ぴかぴかで、黄色の羽がついた卵……。部屋に入る。あちこちのぞいて、捜しまわる。すると、そこにあの黄色のふわふわだ、発見されるために顔をのぞかせて……。

アンナはマッツに礼をいおうとした。夕べの紅茶を台所で飲むときに。だが、マッツの戸惑いにすぐ気づき、いっさい言及するのをやめた。ふたりはそれぞれの本を読み、なんの問題もなかった。

この時期のアンナは、自分が時間をどのように使い、なにをせずに怠けているかを、これまでにない不安をおぼえつつ意識するにいたった。日を追ってますますじっくりと自分の行動を観察する。かつては無造作にやりすごした日々なのに。ひとり住まいだったときは、昼間の時間がかくも惰眠に費やされていようとは思わなかった。霧のように、雪のように、眠りがそっと近づくにまかせ、同じ箇所を読みかえす。ついには霧に呑みこまれ、なにも意味しなくなるまで、何度でも。ふっと眼をさましては、ほんの数秒しか失われなかったかのように、読みかけの箇所に戻る。しかしいまでは、自分が眠っていた、それもかなり長いこと眠っていたことを、はっきり意識せざるをえない。だれもそのことを知らない。だれもアンナのじゃまをしない。しかし、うたた寝のなかに逃避するという素朴で逆らいがたい欲求は、もはやゆるされない。はっと飛び起き、眼を開き、本を摑み、聞き耳をたてる。静かだ。だが、だれかが頭の上で歩いたのは確かなのだ。

アンナ・アエメリンは早い時刻に寝るのをやめた。場合によっては、時計の文字盤ではなく、暗闇と倦怠の誘いにしたがうほうが自然であるのに。いまは起きているように努め、わざと足音をたてて歩きまわる。階上の住人にアンナは寝たんだなと思われたくない。ようやく就寝がゆるされる時刻になると、こんどは眠れない。ベッドに横たわって、屋敷のあたらしい秘密の生、かぼそくあいまいな物音に、耳をすます。はてしなく遠くでかわされる重要な会話を、盗み聞こうとするかのように。ここで一言、あそこで一言、断片をかろうじて拾う。しかし全体は把握できない。

ある眠れない夜、アンナはひどく腹がたった。ガウンをはおり、スリッパをつっかけ、ジュースとサンドイッチをとりに台所に急いだ。台所の扉のそばに寝そべっている犬が、アンナの動きを黄色の視線で追う。この大きな獣は彫刻のように動かない。寝そべったまま、ただ眼だけを動かす。「いい子でいてね」とアンナはささやき、例によって迂回する。冷蔵庫にはあらたな秩序が確立していた。なにもかもがプラスチックケースに収められ、開けてみないと中身がわからない。台所そのものがまったくべつの台所だった。どこがどう変わったのか判然としないが、とにかくもはや彼女の台所ではない。すべてが尋常だった以前なら、夜中になにかが食べたくなれば、流し台の上でエンドウ豆の缶でも開けて、裏庭の闇をゆったりと眺めながら、冷たい豆をスプーンで食べたものだ。そして壜からジャムをちょっぴりなめて、落ちついた気持でベッドに戻るのである。いまは勝手がちがう。ジュースを飲むという神聖な行為さえ、不安な焦燥にかられて壜をとりだし、無造作にグラスに注ぐというていたらく。まるで悪事をはたらいているかのようだ。どろりとした赤い液体が流し台にこぼれる。もちろん、そこにはカトリがいる。音もなく、背後に立って、アンナの行動をみていたのである。

「ちょっとジュースが飲みたくて」とアンナは弁解する。

「待って。わたしが拭きます」。カトリは雑巾をとって、赤い液体を拭い、シンクで絞った。

「放っといて！」とアンナはどなる。「飲みたいのは水よ、水でけっこう！」力まかせに蛇口をひねったので、水しぶきが床に飛びちった。

カトリがいう。「ベッドの脇に夜用のトレイをおけば、不自由しなくてすみます」

「いいえ」とアンナは答える。「不自由でけっこう」

「でも台所に来なくてすみます」

「クリングさん」とアンナは応じる。「話したと思うけれど、パパはほかの者が新聞をもってくるのをゆるさなかった。自分で手に入れたかったのよ。毎日、店に新聞を買いにいって、だれよりも先に読んだ。その雑巾はごみ箱に捨てて」。アンナはテーブルのそばに坐り、くり返した。「捨てていいのよ。要らないものを捨てるのは得意でしょう?」

「アエメリンさん、わたしたちが階上にいると、うるさいですか?」

「ぜんぜん。物音ひとつしないわ。こそこそ歩きまわるだけだもの」

カトリは流し台のそばに立ったまま、煙草をポケットからとりだしたが、ふと気づいて、箱をしまった。

「おかまいなく」とアンナはそっけなくいった。「吸えばいい。パパは葉巻を吸っていたわ」

カトリは煙草に火をつけ、口を開いた。言葉を選びながら、ゆっくりと。「アエメリンさん、こんなふうに考えられませんか? わたしたちはある同意に達しました。きわめて具体的な同意に。この取引でマッツとわたしはずいぶん得をしました。でも、よく考えてみてください。あなたにも得るものがあったはずです。これは相互的な現物支給です、一種の物々交換という意味で。一定の奉仕は一定の利益を相殺します。不都合があることは知っていますが、いずれは軽減されるでしょう。自由意志で契約をむすんだ以上、互いに譲歩しあうべきです。ごく単純に、義務と権利をともなう契約というふうには考えられませんか？」

「現物支給ねえ」とアンナはわざと大げさに感心して、天井をみあげた。

「契約というのは」とカトリは真顔でつづける。「想像をはるかにこえる驚くべきものので、ただ人と人をむすびつけるだけではないのです。契約のもとで生きるほうが人間にとって楽なのだということに、わたしは気づきました。不決断と困惑から解放され、もはや選択せずにすむのですから。わたしたちは責任を分かちあい、それぞれの分担をひきうけることに同意しました。それは熟慮の末になされた約束であり、すくなくともそうであるべきで、わたしはその約束を公平に履行しようとしました」

「たしかに、あなたは公平であろうとしているわ」。アンナはそういうと、背中を休めるためにテーブルに腕をついた。眠気が襲ってくる。

「公平かどうかは」とカトリはつづける。「自分が公平で誠実であったかどうかは、だれにも完全には確信できないでしょう。それでも努力することはできます……」

「またお説教が始まった」とアンナはさえぎって立ちあがる。「あなたはなんでもよくご存知だから。あのね、クリングさん。人間はあれやこれやと按配をするけれど、結局のところ尻尾は後ろに来るものよ」

カトリは笑いだした。

「そう、ママがよくいっていた」とアンナは説明する。「解釈とやらにうんざりしたときにね。わたしはもう寝ますよ」。扉口でふりかえる。「クリングさん、訊いてみたいわ。あなたでもときには動揺したり軽率なことをいったりするの？」

「動揺することはあります」とカトリは認める。「でも軽率なことはいわないと思います」

アンナ・アエメリンは自宅に姿のみえない人びとが住んでいることに慣れた。これまでの人生でも、あれやこれやの変化に慣れてきた。どんなこともしまいには怖くなくなる。今回も同じだ。まもなく頭上を歩く足音も聞こえなくなった。風や雨の音、または応接間《サロン》の柱時計の音が気にならないように。だが犬にだけは慣れることができず、いまも迂回をする。この不動の姿勢の獣をやりすごしてから、小声で話しかける。どうしても口にせずにいられないが反論はされたくない事柄について、自分の見解を述べるのだ。アンナは犬に名前を与えた。名前のないものは膨れあがる傾向がある。

テディと呼ぶことで、この獣から剣呑さを剝ぎとろうとした。カトリの犬はよく訓練されているのだから、ちょっかいをだすべきではないと承知してはいる。こっそり餌を与えるのも親愛の情からではない。「お食べ」とアンナはささやく。「テディちゃん、急いで、彼女が来る前に……」。しかしときには、用心ぶかい黄色の視線をぐるりと迂回しつつ、捨て台詞を吐く。「マットに伏せて！　図体のでかい厄介者が！」

14

「シルヴィア？」とアンナは叫んだ。「いるの？　何度もかけたのに、いつもいないんだから……。いま、かまわない？　だれかお客さま？」

「うちの奥さま連中よ」とシルヴィアがいう。「今日は水曜、わかるわね？」

「水曜って？」

「教養例会の日に決まってるでしょ」とシルヴィアがはっきりした口調で答える。

「ああ、そうだったわね……。あとで電話していい？」

「お好きなときに。あなたの電話はいつでも歓迎よ」

「シルヴィア、あなた、ここに来られない？　本気よ。会いに来てほしいんだけど……」

「もちろん伺うわ」とシルヴィアの声がいう。「ただ、なかなか都合がつかなくて。ほんとに、近いうちに会って昔話でもしましょう。いずれかならず。また連絡するわ、あなたも電話ちょうだい」

アンナは長いあいだ電話器のそばに立って、窓ごしに雪の吹きだまりを眺めていたが、なにも眼に入らない。悲しみに胸がつぶれそうだ。あまりに崇拝しすぎ、あまりに稀にしか会わないのに、あまりに多くを、自分の心に秘めておくべきことまでも、ひとりの人に託してしまったという悲哀。シルヴィアにだけは自分の仕事について、つつみ隠さず、自慢もすれば落ちこみもしながら、一気になんでも話してきた。それらがすべてシルヴィアのもとに、軽率すぎる信頼という不透明な塊となって、年月の流れるままに積みあげられてきた。

アンナは考える。電話をすべきじゃなかった。でも、わたしを知っているのは彼女しかいないのだ。

15

フスホルムのエミールは、網干し場から数百メートル離れたところに専用の釣り穴をもっていて、ときどき妻かマッツをつれて網を引きあげにいく。網を引っぱりあげるのはエミールと決まっていて、同伴者は網を支えているだけだ。たいした獲物はない。家族で食べる鱈《たら》が一匹か二匹がいいとこだ。エミールがマッツとでかけた日は、みぞれが舞う暖かい気候だった。夜間に釣り穴をふさいだ氷をエミールが割り、水面がきれいにのぞくまでマッツがスコップで穴のまわりを掃除した。

「さてと」とエミールがいう。「ちっと驚かせてやるぜ。今回はおれが網を支えるから、おまえが網をとりこめよ。できるだろ」。少年は状況が呑みこめないらしい。エミールはつづける。「おい、網くらい引っぱりあげられるだろうが？　こんなふうによ、人から信用されるってのはいい気分だろ？」

マッツがこの侮辱に気づくには時間がかかったが、気立てがよいだけに深く傷ついた。フスホルムのエミールは網の端めがけて歩いていく。舞いしきるみぞれに姿がかき消されそうだ。先端にたどりつき、網を手にして待っていたが、しびれを切らせて叫ぶ。「どうした？　網のひとつも引っぱりあげられねえのか！」

怒りがマッツを襲った。カトリ以外のだれも知らず、ごく稀にしか表にあらわれない怒りだ。マッツは網の元締め綱を掴み、網の生きた重みを感じながら、じっと立ちつくす。怒りがじわじわこみあげてくる。

「おい？」とエミールがわめいた。彼のほうも頭にきている。「引っぱれよ！　おまえ、ただの村の間抜けじゃねえだろうが！」

マッツはナイフを抜いて、元締め綱をばっさり切る。網は氷の下にまっすぐ沈んだ。彼はくるりと踵を返すと、浜辺にむかい、網干し場とボート作業場を通りすぎ、村道をのぼり、裏庭に行き、さらに〈兎屋敷〉の裏手にある樅の森に入っていった。一歩また一歩とふみしめるたびに、解けはじめた雪のなかに長靴が沈みこむ。やがて片方の長靴がすっかり埋まってしまい、靴下をはいた足がすっぽり抜ける。マッツは悪態をつき、ナイフを樹の幹に突きたてた。ナイフは突きささったまま、そこに残った。

マッツは勝手口でアンナとすれちがい、ちょっと足をとめ、いつもの敬意をしめす挨拶がわりに頭をさげた。アンナも同じ仕草で応じる。遠ざかるマッツの背中に、アンナは街から本がとどいたとさりげなく告げた。

切断された綱はたいそうな話題になった。フスホルムのエミールはいう。「あの哀れな子は頭がおかしい。いいやつなんだが、頭がちっとねえ。こいつは疑いようがない。網を引きあげさせてやろうってのによ。魚が獲れたりすると、がきどもは喜ぶからな。なのに、やっこさん、ただ立ってやがる。それで、おれもちっとばかし頭に血がのぼって、どなった。それだけさ」

「あの子をボートの作業場に入れるとはねえ、えらく寛大なこった」とスンドブロム夫人が口をはさみ、店主が尻馬に乗る。「わたしは知ってるがね、あのひょろひょろ坊主はボートの一隻もぶっ壊しかねないよ。悪い血は悪い血だ。どうしようもない。否定しようもないさね」

「いいかげんに黙れよ」とエドヴァルド・リリィエベリはどなる。「放っておけば、ボートをビロードでくるみかねないやつだぜ。それほどボートがたいせつなんだ。与えられた仕事は、時間はかかるが、きっちりと仕上げるしな。ちょっとした作業ならなんでも任せられる。おい、ビールをくれよ」

「なんにしろ」とスンドブロム夫人は不満をぶつける。「あのふたりにゃ、よくない血が流れてるんだ。いいたかないが、きっといつか……。ほんとにまあ、あんたは勇気がおありだよ！」

「そうとも」とリリィエベリはいう。「おれはあいつを信頼するね。あいつの姉きもな。たしかにつきあいやすい相手じゃない。だがな、昔から弟の世話をしてきてよ、肝は坐ってるし、ごまかしもしない。なんでそう騒ぎたてるんだ?」

「そうさね、彼女は切れ者だ」とスンドブロム夫人は応じる。「いまじゃ、ぬくぬくしてるよ。アエメリンさんは羽振りがいいからね」

「黙れ、この婆あ!」とリリィエベリが思わず口走る。弟がやめろよと腕をとる。スンドブロム夫人は乱暴に煙草をとりあげ、コーヒーカップをひっくり返してしまった。

「ほらみろ」とエドヴァルド・リリィエベリがいう。「だれだって腹をたてるし、へまもする。だがな、底意地が悪いよりはましだ。このさい、はっきりいっておく。だれにいってくれてもかまわん。ともかくクリングたちは正直な連中で、あいつらのやってることには、ちゃんと理由があるんだ。おれたちにゃわからんがな」

そしてエドヴァルド・リリィエベリは店をでていった。

16

「クリングさん。郵便物を開けてくださる配慮には痛みいるけれど、わたしには妙なこだわりがあるの。子どもっぽいと思われようと、わたしは手紙の封を切るのが好きなのよ。あたらしい本の頁をナイフで切るとか、オレンジの皮を剝くようなもので。

だれかが切ったり剥いたりしてしまうと、当然ながら、もう同じものとはいえないわ」

カトリはアンナをみつめた。山なりの眉が眼の上で一対の翼となる。「わかります」とカトリはいう。「捨てていいものを除くために開けていたのですが」

「捨てていいもの？」とアンナは叫んだ。

「ええ、あなたが関わりあう必要のないものすべて。広告やら無心の手紙、つまりお金が目当てで欺く手段にすぎないものです」

「なぜそうとわかるの？」

「わかります、感じで。欺くものは遠くからでも臭う。だから、臭うものは捨てます」

アンナは黙ったが、やがていい返した。「配慮もまた過ぎたるは及ばざるがごとし。すんだことはしかたがないわ。ただし今後は、あなたの意に添わない手紙はどこかにおいといて。あとでわたしが眼を通せるように」

「どこに？」

「そうねえ、屋根裏のどこかにでも……」

「はあ」とカトリは応じ、ふっと笑った。「屋根裏のどこかに、ですか。これは雑貨店の請求書です。じっくりと計算しました。一貫してごまかしてあります。多額ではなく、ここで五〇ペンニ、あそこで一マルッカというふうに。でも、ごまかしです」

「あの店主が？　ありえないわ」。アンナは青インクで走り書きされた請求書をいやいや眺め、それから押しやった。「そうそう、思いだした。あの店主は意地が悪いんだったわね。レヴァーのことで……。ここで五〇ペンニ、あそこで五〇ペンニねえ……。でも、なぜわざわざ意地悪をするの？」

「アエメリンさん、これは重要なことです。彼は確実にあなたを欺いてきました。意識的に。おそらく最初から。わずかずつでも、しまいには大きな額になります」

「意地が悪い、あの人が？」とアンナはくり返す。「いつも親切で丁重なのに……」

「外見と本心は別物ですから」

「じゃあ、なぜあの人はわたしが好きじゃないの？」とアンナは叫んだ。いかにも無邪気に驚いている。「わたしは好かれるほうだと思うんだけれど……」

カトリは大まじめで本題に戻る。「請求書の話をさせてください。じっさい、数字が合っていません。わたしは計算が得意で、早いです。これは問題にすべきです」

「どうして？　そんな必要があるかしら？　彼を懲らしめたいとでも？」

カトリはそっけなく答える。どう対処するかはもちろんアンナの勝手だが、事情には通じていてほしいと。

「そう」とアンナは平然という。「心配の種にはこと欠かない」。そして弁解がましくつけ加えた。「あれやこれやと……。そうじゃない……?」

アンナ・アエメリンは机にむかって、子どもたちの手紙に返事を書いている。子どもの手紙は三種類に分けられる。A群の手紙はごく幼い子どもからとどく。感嘆の気持が絵で、たいていは兎の絵で示される。文章があってもママの代筆だ。B群はお祝いの言葉を求める。往々にして急ぎで、とくに誕生日の関連が多い。C群をアンナは「かわいそうな子たち」と命名する。これには配慮と熟考ある対応が求められる。ABC群すべてに共通するのは、なぜ兎たちは花柄なのという質問だ。兎の花柄にはいくつか説明があり、いちいち考えすぎずにこなしていくとうまくいく。しかし今日にかぎって、詩的にせよ、理屈っぽくにせよ、またはおどけるにせよ、もっともらしい理由がどうしてもみつからない。他愛なく魅力もないつまらぬ瑣末事に思えてきたのだ。ついには兎の絵を描くだけにした。便箋一枚に一羽の兎だ。あとで思い直して、兎たちすべてに花柄をほどこした。だが、ここで行きづまる。アンナは長いあいだ待った。自分にうんざりし、しまいに腹がたってきた。ABC群をそれぞれ輪ゴムでくくり、それらをたずさえてカトリの部屋に行った。

ばら色の寝室は以前と変わらないが、どこかよそよそしい。以前より大きく、からっぽにみえる。窓は半開きで、部屋のなかは寒く、酸っぱい煙草の臭いがする。カトリは坐って鉤針を動かしていたが、編みものをおいて立ちあがった。

「気に入った？」ぶっきらぼうにアンナが訊く。

「ええ、とても」

アンナは窓のほうに行きかけたが、ぶるっと身震いをして振りむき、手紙の束を両手にもって、床の真ん中に立った。

「窓を閉めましょうか？」

「いいえ。クリングさん、同意について話をしたことがあったわね……。双方に義務と権利が生じるとか。これをみて」。アンナは手紙を机の上においた。「子どもの質問に終わりはない。答えるのはわたしの義務かしら？　じゃあ、わたしの権利は？」

「答えないことです」とカトリはいう。

「それはできない」

「契約をしたわけじゃないのに？」

「どういう意味？　契約って……」

「つまり約束です。ひとりひとりに一度は返事を書いた、というわけですね。まさかそのあとも期待をもたせるような？」

「ああ、じつをいえば……」

「では、何人かの子どもには何度か返事を書いたのですね」

「どうすればいいの！　とめどなく書いてくる。わたしを友だちだと思っていて……」

「そうなると、もう約束ですね」。カトリは窓を閉めた。「震えていますよ。アエメリンさん、坐ってください。毛布をさしあげます」

「いりませんよ。それに約束なんかしたおぼえはない。あなた、なにをいっているの？」

「こんなふうに考えてみてください。なにかを始めた。そして義務を背負いこんだ。そうでしょう？　なんとか支払う努力をするしかないですね」

アンナは部屋の真ん中に立ったまま、口笛を吹きはじめる。音程のない、かろうじて聴こえる、歯と歯のあいだでたてる音だ。ふいに乱暴な口調で訊いた。「これはなに？」

「ベッドカヴァーを編んでいます」

「そうだった、ここじゃだれもが編むのね。この村にいくつベッドがあるのやら……」

カトリはつづける。「契約というのは正義の問題で……」。だがアンナはさえぎる。「もう聞いたわよ。双方が賭けをして、双方が勝つという。それが子どもとなんの関係があるの？ わたしはなにを勝ちとるわけ？」

「本の重版。それに人気も」

「クリングさん」とアンナは割って入る。「人気ならもう充分にあるわ」

「または友情、あなたしだいで。その気と時間があるなら」

アンナは手紙の束をかき集める。「そんなことを話すつもりじゃなかった」

「おいてって、読ませてください。理解する努力をしてみます」

夕刻、ふたりは応接間《サロン》でむきあって坐り、カトリが説明をする。「むずかしい話じゃないと思います。子どもが尋ねること、話すこと、希《ねが》うことなんて、どれもこれも似たり寄ったり。システムを作ればいい、決まった文章をコピーしておいて。変化が必要なら、追伸でひとこと加えればいいのです。それからもちろん自筆の署名《サイン》も」

「あなたで立派に代役が勤まるわね」とアンナはすばやくいい返す。

「ええ、あなたの時間の節約にはなります。スタンプでもいいですが」

アンナは背筋を伸ばした。「コピー？　システム？　わたしの流儀に合わないわ。手紙をよこすのが兄弟姉妹《シスコン》や級友たちで、互いに返事をみせあったら、どうすればいいのよ。いちいち名前や住所を控えるなんてできない相談だし……」

「ファイルすればいいんです。いずれは秘書が必要になるでしょうが」

「秘書！」とアンナがくり返す。「秘書ですって！　なんてことを、クリングさん！　その秘書さん、たとえばかわいそうな子たちになんていうのよ？　おまけに、あなたったら、手紙の束をごっちゃにして。A群、B群、C群とあったのに……。もうなにがなんだかわからない……。秘書さんはなんと答えるのかしらね、『おばさん、ぼくの親たちをどうすればいいの』とか、『どうしてわたしだけが仲間はずれなのですか』とかの質問に……？　ほかならぬこのわたしに尋ねているのよ。しかも、それなりに不幸なわけで、まともな対応をうける権利があるわ！」

「そうでしょうか」とカトリは冷たく答える。「アエメリンさん、じっくりと眼を通しましたが、AもBもCも大差はなくて、ただひとつの項目にくくることができます。それがなんであれ、例外なくなにかをほしがっています。たとえば、慰め。それもできるだけ早く、なにせ時間がたりないので。これらの手紙はすべてささやかな脅迫の試みとみなせます。いえ、なにもいわないでください。彼らの手紙は無器用で、綴りもまちがいだらけなので、あなたは心を動かされ、後ろめたさを感じるのです。いずれ彼らも経験をつんで、もっと利口になります。いずれ成人した暁には、彼らの多くが、わたしがあなたに捨てさせようとする手紙を書くようになります」

「なるほど。氷の上にね」

「ちがいます。お忘れですか？　屋根裏のどこかに、です」

アンナはしばし黙りこみ、子どもは騙せないわよと脅すように指摘した。椅子の背に身をあずけて、歯のあいだで静かに口笛を吹く。カトリは立ちあがり、ランプをつけた。「あなたは感傷的なだけです。彼らが小さいからという理由で。でも大きさは重要ではありません。わたしもすこしずつ学習しました。いかなる人間も、いいですか、いかなる人間も、例外なく、身体のサイズとは関係なく、なにかを手に入れようと虎視眈々なんです。とにかく手に入れたい。彼らには当然の希いです。年とともに知恵がついて、心なごませる無垢は失われますが、意図そのものは変わりません。あなたの子どもたちは学習がたりないのです。未熟が無垢と呼ばれているにすぎません」

アンナは突っかかった。「じゃあ、マッツが手に入れたいものは？　いってみてよ！」答えを待たずにつづける。「こんなことを話したかったんじゃない。どうして兎たちは花柄なのか、これにどう答えればいいのよ？」

「秘密だといえばいいのです。知る必要はないのだと」

「まさしく」とアンナはいった。「そのとおり。今夜でいちばんまともな言葉を聞いたわ。知る必要はないし、知りたくもない。さあ、これでおわかり？」

17

アンナ・アエメリンは街の書店に口座がある。書店主がときどきリリィエベリに本を託す。地底の海や未踏の地平についての冒険物語、名もない空白が世界地図に点在していた時期に、勇気と好奇心にみちた人びとが身を投じた発見の旅をめぐる本である。古典もあれば児童書もあるが、アエメリンが選ぶ主題は変わらない。これらの本のうちにアンナとマッツの友情はゆるぎない礎を築いた。本は黄色の宛名シールをつけた茶色のクラフト紙に包まれてとどく。カトリは包みを開かず、台所のテーブルにおく。夕闇がせまるころに、アンナとマッツの手で開かれる。マッツが最初に好きなものを選ぶのだが、かならず海と関わりのある本と決まっている。マッツが読みおえた本は、つづいてアンナが読み、そのあとふたりで本の話をする。まずは彼が感想を、つぎに彼女が感想を述べる。一種の儀式だった。自分自身や身近なできごとにはほとんど言及しない。もっぱら、騎士道精神と究極の正義にみたされた疵《きず》なき世界の作中人物だけを話題にする。マッツも自分のボートの話はしないが、ボート一般については話が弾んだ。

捨てられて屋根裏のどこかで徐々に山を築きつつあった手紙を、アンナは首尾よく忘れてしまった。ところがある夜、それらの手紙がアンナの夢のなかで蝶のように舞いあがった。夢のなかで、アンナは読まれなかった手紙の束を氷の上に運んだ。壊れた家具類からなる黒っぽいがらくた、無残に積まれているがかつては愛されていた所有物のそばまで運び、そこですべての手紙を投げすてた。見知らぬ人びとの嘆願や信頼や巧妙な提案のすべてを。文字で埋めつくされた紙の一枚一枚が、見境なく延々ととどく郵便物の群れが、ひとつの巨大な非難の権化となって、怒濤のごとく空に舞いあがる。アンナは眼をさまし、ベッドで起きあがった。後ろめたさと汗で身体が冷たい。台所に行く。いちばん居心地のよい部屋だ。そこには例の本たちが、魅惑的な冒険物語に彩られて、まっさらにあざやかに横たわる。いい匂いがする。アンナは本をひとつずつ手にとって頬に近づけ、読まれていない本独特の、なにものにも喩えがたい、あの移ろいやすい香りをすばやく吸いこんだ。これまでだれも触れたことがなく、かさかさと音をたてる頁をめくり、嵐を描いた壮大な挿絵を眺める。まさに画家の夢だ。現実にあるとは思えないが、画家の頭のなかでみごとに生みだされた嵐。現実に嵐に巻きこまれたりジャングルで迷ったりした経験が、この画家にあるとは思えない。だからこそ、と考える。知らないからこそ、より怖ろしく、より大きく描けるのだ。ジュール・ヴェルヌが一度でも旅をしたとは思えない……。わたしは模写する。憧れを感じる必要はない。アンナは頁をつぎつぎにめくり、挿絵をひとつひとつ眺めていく。やがて不安はおさまった。

書店主の請求書が机の上におき忘れられている。アンナはこれを幾重にも折りたたみ、拳《こぶし》のなかに握りしめた。せめてこの請求書だけは、カトリの眼にふれさせまい。どういう検算をするにせよ、書店主もまた勘定をごまかしていると決めつけるだろうから。

フスホルムのエミールとの網の一件以来、マッツは村の半端仕事をやらなくなったが、あいかわらずリリィエベリのボートの作業場へはでかけていく。そこで話題らしい話題といえば、ボートにかかわる事柄だけだ。一日の作業が終わって作業場が閉まると、マッツは家に帰って自分のボートの図面をひく。かつてはマッツの部屋の壁も青だった。ほかの部屋とおなじように。いまではすっかり色あせて、古い皮表紙か植物標本箱のブルーベルみたいに、なんだか判然としない。天井が斜めの狭い部屋で、湿気で洗われて染みだらけだ。壁と天井は嵐の雲が走る空みたいだ、とマッツは思う。しあわせだった。不要なものはなにもない。窓は小さく、森に面している。年輪をかさねた巨大な樅の林が、雪の斑点模様の暗い壁となって窓枠に覆いかぶさる。ひとりでボートの作業場にいるみたいだ。カトリが手編みのベッドカヴァーをベッドにかけてくれた。青は青でも、標識灯《シグナル》のようにあざやかな青だ。マッツは夢をみない。夜中に眼がさめることもない。

カトリは弟と会わなくなった。食事のときに顔をあわせるぐらいだ。かつての穏やかで寡黙な連帯を分かちあう時間も場所もいまはない。夕方、ときどきカトリは用があって台所に行く。マッツとアンナがテーブルをはさんで坐り、本を読んでいる。カトリが部屋を歩きまわるあいだ、ふたりは読書を中断する。しかし、お茶でも飲まないかとカトリを誘うことはなくなった。

18

アンナはかなり頭にきている。あらゆる質問に答え、情報を伝え、慰めを与える、システム化された万能の手紙文を考案すべく、まる一日を費やした。なのに、努力もむなしく手紙はますます不自然になる。

「これをみて」とアンナはいった。「どうよ、クリングさん！　わたしが正しかったでしょう？」

カトリは手紙文を読み、明確さに欠けると指摘した。これでは、今回かぎりで気持よく文通を終わらせようという意図は伝わらない。

「でも、おわかりでしょう、そもそも発想じたいに無理がある。どんな子だって自分のために書かれた返事がほしいのだから」

「わかりますよ。もちろんお好きになさってけっこうです」

アンナは眼鏡をかけたが、すぐにはずし、念入りに磨いた。「なぜかはわからない。返事が書けなくなってしまった。わざとらしくて」

「でも何年も書いてきたんでしょう？　あなたは作家なんですから」

「なんにも知らないのね！」とアンナはどなった。「文章を書くのは出版社よ。わたしは絵を描く、おわかり？　絵を描くのよ！　あなた、わたしの絵をみたことがあるの？」

「いいえ」とカトリは答え、しばらく待っていたが、アンナは黙っている。「アエメリンさん、提案があります。わたしに手紙をいくつか預けて、返事を代筆させてください。ものは試しに」

「あなたには書けないわ」とアンナはそっけなく切りあげる。肩をすくめ、机から立って、部屋をでていった。


カトリは署名を真似るのと同じ手際のよさで、他人の声を模写し、言葉の選びかたや喋りかたを真似ることができる。失われていた天賦の才といってよい。ときどき隣人たちの真似をして弟を笑わせようとしたが、マッツは乗ってこなかった。

「わかりすぎて」と彼はいう。

「え？」

「いやな人たちだってことがさ」

カトリは愉しくもない遊びをやめた。しかしアンナから預かった手紙では、才能を存分に発揮できた。アンナの自信のなさや腰のひけた善意を、それらが無用のお喋りに埋もれるさまを、返信文のなかで苦もなく器用に真似てみせる。善意の蔭にもアンナの自己中心的な一面をのぞかせて。しかし、否《ネイ》といえない卑屈な気弱さはうせ、文通による友情を期待させる中途半端な約束も姿を消した。カトリは誠実にさようならを告げる。誤解の余地がないほどはっきりと。これでわからないのは、よほど並はずれて鈍いか、やみくもに信じたがる子どもだけだ。アンナはカトリの書いた返信をつぎつぎと読み、困惑した。これは彼女自身であって、同時に彼女ではない。手紙を読むほどに、この歪められた似姿が迫ってくる。とうとう手紙の束を放りだし、長いあいだ黙りこんでしまった。カトリは他人の沈黙をまったく意に介さず、ただ待っている。これもカトリの特徴のひとつだ。アンナはふたたび手紙の束をとりあげ、一瞬ためらい、眼を大きく開いてカトリを直視した。「ちがう！　これを書いたのはあなたで、わたしじゃない！　自分の両親に腹をたてた子どもに、両親にもいろいろ事情があって大変だからと説明して、なんの慰めになるというの！　そんなの慰めじゃない。わたしならそんなことはいわない。両親というものは強くて完璧でなければならない。でなければ、子どもは親を信頼できないわ。書きなおして」

カトリはとつぜん激昂した。「頼るに価しない相手をいつまでも頼っていろと？　いつまで子どもたちを騙せば気がすむんです。信頼できないものを信頼させるなんて！　早くから学ぶべきです。さもないとやっていけないでしょう」

「わたしはやってきたわ」とアンナは鋭く答えた。「けっこう上手にね。これをみて。あなたは書いているわね。子どもはいつか両親に腹をたてるもので、ごく自然のなりゆきだと。こんなことをわたしが書くと思う？」

「ええ、まちがいでした。これではあなたの代筆とはいえませんね」

「そうよ、やさしさがないわ。どんな子も腹をたてるのだとすれば、ひとりひとりの子どもの重みは減る。かけがえのない人間ではなくなるもの」

「そうはいっても」とカトリは反論する。「人間は群れたがります。できるだけ人と同じになろうとして。だれもが五十歩百歩の動きをすると知って慰められるのです」

「個人主義者だっているわ！」

「たしかに。その場合、もっと必死で群れのなかに身を潜めなければならない。知っているのです、人と異なる者は狩りたてられることを」

「じゃあ、これは！」とアンナはつづける。「注釈はどこよ？　この子は兎を描こうとした。どうみても才能はない。でも、書けたはずだわ。絵は仕事机の向かいの壁に掛けてあるとかなんとか……。ほら、スケートを始めたって。猫の名はトプシー。スケートと猫の話で一枚まるまる埋められる、大きい字で書けばね。あなた、せっかくの素材を使いきっていない」

「アエメリンさん」とカトリはいう。「あなたこそずいぶんシニカルですね。どうやって隠しおおせてきたんです？」

アンナは聞いていない。手紙の束に手をおき、説明をつづける。「もっとやさしく！　もっと大きな字で！　わたしの猫の話も。描写して、その猫の仕草を……」

「猫なんか飼ってないじゃないですか」

「かまわないわ。感じのいい手紙を返す、それが肝心……。心得ておいて。でも、あなたにできるかしら。子どもは好きじゃないでしょう？」

カトリは肩をすくめ、例のすばやい狼の薄笑いを浮かべた。「それはあなたも同じですね」

アンナの頬にさっと赤みがさし、会話はうち切られた。「わたしの好き嫌いはどうでもいい。この人は信頼できる、そう子どもに思わせなければ。子どもを裏切ることはできないのよ。今日はもう疲れたわ」

ああ、アンナ・アエメリン、あなたが気にかけているのは自分自身の良心にすぎない。それだけを後生大事に守ろうとして。あなたはたいした嘘つきだ。子どもは書いてよこす。ぼくはあなたがだいすきです、おかねをためて、あなたのおうちにきて、あなたやうさぎたちといっしょにすみたいです。あなたは答える。それはすてき、いつでも来てね。嘘つき！ 病んだ良心がふりまく約束では、なにひとつ清算されず決着もつかない……。身を隠したって詮ないこと。否《ネイ》といわずにすませることで、だれだって最終的には呑みこみよく、約束か金銭を得て身をひくはずと思いこむことで、事態をまるく収めようとしても、やがては遅かれ早かれ破綻する……。あなたはフェアプレイのなんたるかを知らない！ あなたは闘いにくい相手だ。真理は釘でがつんと打ちこむべきだ。しかし、マットレスに釘を打ちこむことはできない！

子どもの手紙に返事を書かずにすむという安堵感は、アンナの規則的な日々に思いがけない隙間を生みだした。安穏として、からっぽで、時間がのろのろとすぎる。それでも、カトリが代筆した返信ひとつひとつの最後に美しい署名《サイン》を記し、一羽の兎を描きそえる。大儀そうなアンナをみて、ある日、カトリは失策《へま》をしでかした。自分でアンナの署名を真似たばかりか、兎まで描きそえたのだ。草の上に後ろむきに坐る兎を描くのは、さほどむずかしくはない。ともあれ、カトリの兎は大胆で堂々たる筆致で描かれている。アンナはそれをみたが、なにもいわない。しかし、その視線は屋外で吹きすさぶ雪よりも冷ややかだ。以後、カトリが兎を描くことはなかった。
アンナは何度かシルヴィアに電話をしたが、応答はなかった。

19

いまもときどき村びとがカトリに会いにくる。難問を乗りきるための助言を求めて。だが、それもごく稀である。私用で〈兎屋敷〉をおとずれるのは気が重い。なんというか、私的な事柄が公的になりすぎる。屋敷の呼び鈴を鳴らしたとき、扉を開けるのはたしかにカトリなのだが、背後から怯えた鳥のようなアエメリンさんが姿をあらわす。カトリの後ろに立って、肩ごしにのぞきこみ、用向きを知りたがる。そして、コーヒーはいかが、そう、お飲みにならない、では紅茶でも、とくる。なんだかきまりが悪く、カトリの部屋へと階段をあがるころには、恥ずかしさをおぼえる。いかがわしい用向きで占い師の助言を求めにやってきたみたいで。このころを境に、子どもたちはカトリの後姿にむかって魔女と叫ぶようになった。いまなら口にしてよいというわけだ。子どもは小型犬の嗅覚をそなえている。カトリが通りすぎるまでは黙っている。それから叫ぶのだ、声をあわせて、ねちっこく。

カトリは雑貨店に入った。犬は外で待っている。子どもたちは静かだ。

店主は〈兎屋敷〉のようすを尋ねる。

「順調よ、どうも」とカトリは答える。

「アエメリンさんのご機嫌は上々かい。あの婆さん、遺書はもう書いてくれたか？」

店内はふたりきりだ。カトリは棚を物色し、柔らかいタイプのクネッケはないのかと訊いた。

「へえ、もう歯でがっぷりもままならぬ、その元気もないってか？」

カトリがいった。「言葉に気をつけることね。いっとくけど」

だが彼はおさまらず、カトリに反撃する。「いまじゃ、がっぷりやるのはほかの連中の役目、そうじゃないかね？」

カトリはふりむく。答えたとき、その眼は大きく開かれ、正真正銘の黄色だった。

「気をつけるのね。犬に命令しようか。この犬なら、がっぷり噛みつくわよ」

勘定をすませ、犬といっしょに帰途につく。その背後から、子どもたちがひとつ覚えの憎しみの呪文をとなえる。マッツが村道をやってきた。魔女だ魔女だと囃したてる騒ぎを聞いて、ぴたりと足をとめる。顔色が蒼ざめる。

「放っときなさい」とカトリがいう。「あの子たちに罪はないわ」

しかし弟は摑みかかるために開いた両手をだらりとさげたまま、子どもたちにじりじりと近づく。子どもたちが逃げる、マッツとおなじく声もださずに。

「放っときなさいってば」とカトリがくり返す。

「わかるわね、怒ってはだめ。そんな必要ないんだから。わたしはなにがあっても平気よ」

その夜、リリィエベリが〈兎屋敷〉をおとずれた。店主との取り決めのことでカトリと話したいという。ふたりは階段をあがってカトリの部屋に行った。

「あのワゴン車の話なんだが」とリリィエベリが口火を切る。「たしかにガソリン代は払ってくれるし、店で買い物をすれば値引してくれる。だが、むしろ賃金を上げてほしいんだ。街の運転手たちに確かめてみると、連中のほうが実入りはいいからな。ところが、やつはいいやがる。あんたが値上げにこだわるなら、べつの者に運転させてもちっともかまわんよ、だとさ」

「この村に運転のできる人はいるの?」

「ああ、二、三人いるかな。そいつらはもっと安くても引きうけるさ。運転は愉しいと思ってるからな」

「値引はどの程度で、賃金はいくら？」

リリィエベリは一枚の紙をカトリに差しだした。「これがいまの賃金で、これが希望の額だ。やつに応じる気はないがな」

カトリはいった。「あなたは知らないかもしれない。でもね、あの男がガソリン代を払ってるわけじゃない。国が払ってるのよ。ガスボンベを埠頭から灯台まで運ばせるために。ただし役所はその距離が車で二、三分だとは知らない。もちろん、あの男が郵便物の配送に追加料金をとってることや、郵便専用の車に店の品物が積まれてることもね。おまけに嘘の報告までして。役所にばれたら、代理人の特権とはおさらばよ」

リリィエベリは長いあいだ黙りこくっていたが、やがて用心ぶかく訊いた、カトリはなぜそうも内情に通じているのかと。

「長いこと店の経理をしていたから」

「困ったな」といって、リリィエベリは黙りこみ、しばらくして重い口を開いた。

「それじゃ脅迫になっちまう。いやな話だ。仲間を役所に売るような真似はできないな」

「好きにすれば。ただ、知ってるぞと臭わせなさい。きっと賃金をあげてくれる」

「ああ、そうかな。あんまり気がすすまないが。だけど礼をいうよ」

リリィエベリが帰ると、カトリはふたたびベッドカヴァーを手にとった。屋敷は物音ひとつしない。自分の手が生みだす作業に眼もくれず、すばやく編んでいく。鉤針編みは考えを休ませる方便なのだ。それでも考えは容赦なく襲ってくる。ついにカトリは否むべくもない洞察にたどりつく。このぞっとする洞察をうけいれるしかない。リリィエベリを捕まえなくては、いますぐに。旋風《つむじかぜ》よろしく戸口に走り、コートを着て、ついてこいと犬に合図した。すでに外は暗い。急いだのでポケットランプを忘れたが、引きかえす猶予はない。リリィエベリの家への近道は固められておらず、何度も樹にぶつかる。立ちどまって、眼をしっかり開けて、前方を手探りしながら雪道を突きすすんだ。樹の幹をぬって窓の灯がみえるより先に、リリィエベリの兎小屋の臭いがカトリの鼻をついた。窓の四角い光がかすかに雪を照らす。兄弟は夕餉《ゆうげ》の食卓についているはずだ。翌朝まで待つべきだったのか。ばかな真似をしているが、どうしようもない。いまさら知ったことか。カトリは勝手口の敷居で長靴をぬいだ。エドヴァルド・リリィエベリが扉を開けた。弟たちは食事中だ。

カトリはいった。「いいたいことがあって。時間はかからない。待たせてもらう」

「かまわないよ」とリリィエベリがいう。「食事は冷めやしない。事務室に行くか」

事務室は冷えきっている。兄弟たちは小屋で眠るのだ。カトリは腰をおろそうとしない。急いで一気にぶちまける。「あれはまちがいだった。あなたの賃金はまっとうで、食料品の値引は過分といってもいい。あの男はいろんな人を騙してきたけど、あなたは騙されていない。前言を撤回する。わたしは公正じゃなかった」

エドヴァルド・リリィエベリは当惑する。コーヒーを勧めたが、カトリは断わり、事務室をでる前にいった。「これだけはおぼえていて。なにかを甘受しても、降参を意味するとはかぎらないって。あの男から眼を離さないで。いずれにせよあなたの勝ちよ。あなたは車の運転が好きで、そのことを彼は理解できないのだから」

庭では兎の強烈な臭いに迎えられた。やることはやった。リリィエベリはもうわたしを信頼しないかもしれない。まずいことになった。マッツのボートはリリィエベリに注文するつもりだ。しかも夏に完成させるには、すぐにでも注文しなければならない。まだ存在もしない金をリリィエベリに信じさせるのは、できない相談だ。ましてや、これまで必死にふみ固めてきたまっすぐな道を、たった一度とはいえふみ誤って、おのれの誠実さを危うくしてしまった人間の約束を、どうやって信じさせようというのか。

20

冬はあたらしい段階に入った。沈黙が浜辺を覆う。風が吹きよせ、長く縞状にのびた雪のあいまに、ガラスのように透明な氷壁を築く。大勢の人びとが外で穴釣りをし、フスホルムの赤い雪上スクーターが後ろのそりに妻を乗せて、離れた釣り穴と釣り穴のあいだを往来する。積もった雪が塊になって、ぎしぎし音をたてるが、海峡でも岬でも氷はまだまだ固い。くる日もくる日も快晴がつづく。ある朝、アンナは埠頭までおりて、はるかな氷原をみわたした。カトリによって水中に沈む運命に定められた家具の山を一瞥しようとするが、空のまばゆい光に眼がくらみ、なにもみえない。ボートの作業場からはハンマーをふるう音がする。規則ただしく調子よく、ふたりの男がハンマーをふるう。槌音が同時にやみ、また始まる。アンナは生簀《いけす》に腰かけ、太陽に眼を細めた。

「いい天気ですね」とカトリが後ろでいった。「サングラスをお忘れです」

アンナは礼をいって、サングラスをポケットにしまった。

「郵便が来ました。またプラスチック工場からです」

アンナは背筋をこわばらせ、いっそう眼を細める。それから、太陽が暖かいわねとつぶやき、そっと口笛を吹きはじめた。カトリはやがて〈兎屋敷〉に戻っていった。

アンナはプラスチック工場の件を、ほかの多くの用件とおなじく、首尾よく忘れてしまっていた。宛名がタイプ打ちで、花柄とはなんの縁もない、アンナが〈茶封筒〉と命名した郵便物は、数年来、アンナの生活に影を落としてきた。関心を示していただきありがたい、兎たちがお役にたててうれしい、提示条件は申し分ない、よろしくどうぞ。たいていはこんなふうに切りぬけてきた。しかし面倒なこともある。アンナの記憶にも抽斗《ひきだし》にも見当たらない情報を求められる。するとアンナは浅ましい虚脱感に襲われる。そういうややこしい手紙を〈後日要調査〉と命名した書類戸棚にしまいこみ、その後は存在そのものをすっかり忘れてしまう。プラスチック工場も同じ運命をたどるしかなかった。なにせ、アンナ・アエメリンがこれまでに兎関連でかわした契約書類すべての複写を要求したのだ。はや数週間がすぎた。アンナが書類戸棚のほうへ歩きだしたそのとき、カトリが庭でマットの埃を叩きはじめた。アンナは手紙を手に立ちどまり、引きかえし、何度も読みなおした。どう読んでも誤解の余地はない。しかたがない。大きな書類戸棚から手当たりしだいに抽斗を引きぬく。どの抽斗も手紙や得体のしれない書類でいっぱいだ。なにより自然な動きは、抽斗をもとに戻し、読書に逃げこむことだった。しかし翌朝にはもう、あらたな心の疚しさがアンナをとらえて離さない。プラスチック工場の〈可及的すみやかに〉の文字が、火文字のように茶封筒にうきあがる。後悔する猶予を自分に与えないために、大急ぎで、いくつかの抽斗の中身をベッドの上にぶちまけ、手紙の山を探りはじめた。しかしすぐに悟る。これは山にして分類するしかない。ベッドではたりず、積みあげた山は床になだれ落ちて、ごちゃごちゃになる。マットの上にもならべる。どの山がどの用件だったかを思いだすのは至難のわざで、何度も的はずれの山に手紙を積みあげたあげく、背中が痛くなってきた。正午近くに、アンナはカトリを呼びにいった。

「みて、このありさまを」とアンナはいった。「契約書をひとつ残らず揃えてほしいですって！　そんなものどこにあるかわかりゃしない……。しかもパパとママの手紙類までいっしょくたなのよ。毎年のクリスマスカードから領収書にいたるまで、一八〇〇年代から残らずみんな！」

「ほかにもありますか？」

「書類戸棚は満杯よ。不要だと思ったものはもっと上のほうに。いえ、真ん中あたりだったかも……」

「相手は急いでいますか？」

「そう」

カトリはいう。「待たせておきましょう。すこし時間はかかります。でも分類は得意ですから」

マッツがすべてをカトリの部屋に運びあげ、書類戸棚はからっぽになった。アンナは大きな敗北感を味わったが、安堵感はさらに大きかった。

カトリは手ぎわよく、しかし作業をすすめるにつれて驚きを募らせながら、大海のごとき渾沌を整理していく。機転がきかず実務的でない人間が、ひさしく放置したあげく生みだした渾沌だ。あちこち拾い読みするたびに、最悪の事態が懸念されてならない。だが、いまはアンナの契約書を捜すのが先決だ。契約書を捜しだしたが、とても人にみせられる代物ではない。アンナが底抜けに騙されてきたことをみぬける利口な相手なら、これより有利な条件を申しでる気にはなるまい。カトリは事情を説明した。

「だけど、相手は待っているのよ」とアンナは反論する。不安でならないのだ。

「待たせればいいんです。手紙を書いて、条件の提示を待っていると伝えましょう、それも〈可及的すみやかに〉提示してくれと」

「これまでの契約書のことはどうするの？　紛失してしまったとでも？」
「契約書は紛失するものじゃありません。嘘をつく必要がありますか？　黙っていましょう」

かくて茶色のシステムファイルが屋敷に出現した。カトリが街からとりよせたのだ。もう鉤針編みはしない。くる夜もくる夜も、細心の注意を払って、アンナの仕事関係の手紙の仕分けをした。日付も頁番号もない手紙の一部が、いくつかの抽斗にばらばらに入っている。忍耐づよく、いわば猟犬の本能にうながされて、カトリはたいていのものを捜しだす。生涯をつうじて、万事を可能なかぎり秩序だてるという明晰への強い欲求を感じてきたので、アンナ・アエメリンの手紙を整理する仕事に、穏やかな充足感をおぼえた。長きにわたって織りなされてきた事柄の全貌が、あざやかに浮かびあがる。カトリは計算をする。犯罪的とさえいえる軽信、またはたんなる無頓着や不精のせいで、アンナ・アエメリンが手に入れそこなった金額の合計を弾《はじ》きだした。否《ネイ》というのが億劫だとか、社交的な配慮でやむを得ずとかの例もあるが、意外に大きな割合は占めていない。ほとんどは無関心が原因である。カトリは黒い手帳に失われた金額を書きとめた。

「どう？」とアンナが扉口で訊く。「カトリさん、ちょっと無頓着すぎたかしら……」

「ええ、残念なことに。ずいぶんと理解しがたい同意にいたったものです。これらはいまさら手遅れですが」。カトリが印税のパーセントや保証金の話をつづけるあいだ、アンナはむっつり黙りこくって、茶色のシステムファイルの前に立っていた。どれも背に中身をしめす四角いラベルがついている。しかもアンナの美しい筆跡を真似て。アンナは聞いていない。このファイル群には滅入らされる。自分がやらかしたこと、またはやらずにすませてきたことすべてが、突如として、仮借なき秩序のもとにくっきりと輪郭が与えられ、システムファイルを眺めるだれの眼にもあきらかとなり、軽蔑の対象となってしまったのだ。

ふいにカトリが話を中断した。「口笛を吹かないでください」

「吹いていたかしら？」

「ええ、アンナさん。ずうっと。どうかやめてください。つまりですね、ほら、このシステムファイルでずいぶん楽になります。必要なものをすぐ開いてとりだせますし、一瞥して状況がわかります」

アンナはカトリをしげしげとみつめ、状況ねえ……とくり返した。

「あなたの仕事の状況」とカトリはゆっくりと愛想よくいう。「つまり契約です。あなたの言い分、そして相手の言い分。たとえば前回は何パーセントだったとか。率を上げるために知らなくては。そうでしょう?」

「それで、床に落ちているこれはなに?」とアンナはさえぎる。

「縫いあわせてパッチワークのカヴァーにします。配色を考えて」

「なるほど、配色を考えてねえ」。アンナは鉤針編みの四角い断片を床から拾いあげ、じっくりと眺める。カトリに背をむけたまま、手紙や書類を整理してもらった礼をぎこちなく述べた。「これでもう好きなものがいつでもみつかるわけね。あとは、そういう必要に迫られずにすむことを願うばかりよ。結局のところ、すべては過去のことだもの」

「たしかに」とカトリは苦々しくいう。「過去のことです。ですが、だれかが事務処理を引きうけないかぎり、同じことがくり返されるでしょう」。カトリはすこしためらってから、訊いた。「アンナ、わたしを信頼していますか?」

「特段にとはいえないわ」とアンナは憎めない口調で答える。

カトリは笑いだした。

「カトリ、あなたにわかるかしら?」そういってアンナはふりむいた。「どういうわけか、ほほ笑むあなたより、笑っているあなたのほうが好きなのよ。このカヴァーはよくできていると思うけれど、この緑はよくない。緑はむずかしい色よ。さてと、散歩でもするといい気分でしょうね。テディもいっしょに外気にあたるというのはどう？」

　カトリの顔がさっと閉じた。「いいえ。あなたは犬のためになりません。あの犬はわたしかマッツとだけ外出すべきなのです」

　アンナは肩をすくめ、にわかに意地の悪い気分になって、カトリの金銭にたいする関心は度をすぎていると皮肉った。自分の家庭では、お金を話題にするのは適切でないとされていたと。

「ほんとに？」とカトリがいう。ぴしゃりと鞭の一撃のように。「本気ですか？　適切でないですって？」カトリは蒼ざめ、アンナのほうに定まらない足どりで一歩ふみだした。

「どうしたの？」アンナは後ずさりをする。「気分でも悪いの……？」

「ええ、最悪です。あなたがこんなにも無造作にお金を溝《どぶ》に捨てるのをみていると、ものすごく気分が悪くなります。あなたが軽蔑をこめて捨てているのは、まぎれもない可能性なのです。わかりますか、居心地がよく余裕があるからこそ、お金のことなど考えずにすませる可能性、おっとりと鷹揚になれる可能性、お金なしには生まれる余地もないまっさらな考え《イデー》をいだく可能性です。お金がないと思考までみみっちくなる。ちぢこまってしまう！　こんなふうに騙しとられる権利はあなたにもない……」。カトリはひどく低い声で話した。はじめて耳にする怖ろしい声。カトリはきっと口をつぐむ。沈黙が長びき、重みをます。

アンナはいう。「わからない」

「ええ、わかっていない」

「顔色が蒼いわ。わたしにできることがあれば……」

「あります」とカトリはいう。「あなたにできることが。秘書をやらせてください。わたしにはできます。たしかに。あなたの収入を二倍にしてみせます」。またしても沈黙がつづき、カトリはつけ加えた。「すみません。自制心を失いました」

「かなりね」とアンナは答える。「でも気分はよくなったようね」。そしてママの口ぶりを真似てみた。ひさしく耳にしていないが、あの善意にみちた尊大な声で。「カトリ、あなたね、なんでもお好きになさい。でも、わたしに余裕がないとか鷹揚でないとか、そんなふうには思ってほしくないわ。それに、わたしの考え《イデー》は収入に左右されたりはしない、ぜったいに」。アンナはカトリに会釈する。頭をちょっと傾《かし》げて。それから部屋をでていった。階段をあがる途中でひどい疲労感に襲われ、やむなく足をとめた。しばらくすると落ちついた。

「軽率ね」アンナは侮蔑をこめてつぶやく。「えらく軽率じゃないの。軽率なことはいわないと自認していた彼女が……。なにがいいたかったのか。わたしがなにをしたというのよ……」

階下ではあの犬が寝そべり、黄色の眼でアンナをみつめる。手でふれることも餌を与えることもゆるされない、毅然とした危険な犬。はじめてアンナはこの大きな獣にまっすぐ歩みより、頭をなでた。愛情のしるしとは思えない力をこめた仕草で。

「拝啓、諸兄のご要望にたいして、アエメリン氏がより迅速なる返信の機会を得なかったことを、われわれは遺憾に思い……」。カトリは日付をみた。二年前の話だ。でもまだ間にあうかもしれない。申し出は魅力的だ。カトリはペンをおき、窓の外を眺めるが、なにもみていない。そばには『商業通信文の手引』と英語の辞書がある。英語の手紙を扱うのは骨が折れるが、どうにかこなしている。カトリは意志の力をふりしぼり、あれやこれやと花柄の兎でひと儲けをもくろむ人びとに、垢ぬけないが奇妙に明快な手紙をしたためる。やむなく単純化せざるをえない語学力のせいで、カトリの手紙は粗暴なまでに決定的な印象を与える。謝礼を引きあげ、一時払いを特許使用料に転換できたときには、その成功を黒い手帳に書きとめる。各種の福祉事業の申し出やアマチュアたちの熱意や、内実はあいまいだが声だけは大きい人びとの物乞いの叫びに、否《ネイ》といったことで失われずにすんだ金額も記される。すべては手帳に記入される、一ペンニもおろそかにせず誠実に。カトリは考える。これらは自分が譲歩もせず勇み足にもならずにマッツのために稼いだ金だと。カトリが代筆した手紙への返信は、よそよそしいが敬意は感じられる。提示したパーセントを下げる必要はめったに生じない。カトリも相手も天候への言及で最終節をあいまいにしない。カトリは黒い手帳の表紙にラベルを貼りつけ、「マッツのため」と記した。取引相手を挑発して損失を補塡するという大まじめな遊びは、実務的でしかも偶然にゆだねられた賭けとなり、カトリの思考をすっかり占拠した。蒐集家《マニア》の奇妙な偏執にとりつかれ、獲得した金額を手帳に書きこむたびに、希少で高価な逸品をようやく手に入れた蒐集家の深い満足をおぼえた。細心の注意と熟考をかさねて、当然の権利としてアンナの収入になるものと、マッツの収入になりえたものとを別個に計上し配分する。アンナ自身でも承諾しただろう金額はアンナの分だ。カトリが全額または一部をとりもどした損金の三分の二は、アンナの分け前となる。ただし、対価を払わずにもらえるものはもらおうとする人びとの場合、節約された金額はすべてマッツの分け前となる。アンナの唯々諾々たる態度がまねいた長期にわたる頻繁な重版のように、どちらとも決めかねる場合は、アンナとマッツで利益を等分した。

「プラスチック工場の件は完了です」とカトリはいう。「思いのほかの上首尾で。向こうの選択でいくとゴム会社の案件とも抵触しませんしね」

「ああ、そう」とアンナはいう。

「出版社がまた手紙をよこしました」

アンナは一読して、前ほど友好的な文面ではないわねと指摘した。

「あたりまえです。もう騙せないと悟ったんですから。次回は印税を要求しましょう。一時払いではなくて。まさか次作の優先権《オプション》を約束してはいないでしょうね？」

「したかも、よくおぼえていない……」

「書類にそれらしき言及はありません。それに、より良い条件をしぶるなら出版社を変えることを考えてもいいのです」

アンナはわれに返って口をはさもうとするが、カトリはつづける。「これはアマチュア劇団の手紙。花柄の兎を使いたいと。自分たちで花柄をペイントしますが、兎を使うことは暗黙の了解となっています。文無しですが、入場料はとります。格安のパーセントを提示しました」

「だめよ」アンナは反論する。「使用料はいらない」

「二パーセントで合意しました。見解をひるがえすわけにはいきません。これは繊維工場。先方は三パーセントを、わたしは五パーセントを提示しました。おそらく三・五パーセント、うまくいけば四パーセントで落ちつくでしょう。いいえ、なにもいわないで。こちらが率を上げようとしなければ先方は敬意を失うだけです。またゴム会社から来ています。兎の内部に音のでる装置を埋めこみたいので、パーセントを下げてほしいと。高価になりますが、売れゆきはよくなるでしょう。どうしますか?」

「彼らはなんて?」

「三パーセント」

「ちがう、兎たちはなんていうのかしら?」

「なんとも書いてありませんが」

「兎は喋ったりしない。怖がったりするとキイキイ叫ぶとは思うけど。それとも死ぬときかしら」

「いいですか、アンナ。あなたの仕事について話しているんです、事務的な仕事について」

「事務的ねえ」とアンナは声を荒げる。「キイキイなく兎なんかいやよ。おぞましい」

「みなくていいんです。中央ヨーロッパのどこかでキイキイいうだけですから。あそこなら、だれもあなたのことを知らないし、あなたのほうもだれひとり知らないのですから」

「いくらくれるわけ？」

「三パーセント」

「二でいいわよ！」とアンナはどなって机につっぷした。首筋がみるみる赤く染まる。「二パーセント！　わたしに一パーセント、あなたに一パーセント」

カトリは黙った。その沈黙がつづいたとき、アンナは自分がなにやら重大なことを口走ったことに気づいた。もう一度、くり返す。「わたしに一、あなたに一。わたしたちで分割するのよ、中央ヨーロッパをね」。冒険の響きがする。アンナは最後の文句をさらにもう一度くり返す。カトリは深く息を吸いこみ、そういう問題ではないと冷ややかに答える。しかしアンナに異存がなければ、ゴム会社の契約書にマッツに一パーセントと明記してよいかと訊く。

「そうして」とアンナはいう。「けっこうよ。もう二度とゴム会社の話はしないで」

カトリは黒い手帳を開き、彼女自身の仰々しく流れるような筆跡で「マッツ、一パーセント」と記した。

「ほかに重要なことは？」

「いいえ、アンナ」とカトリは答えた。「いちばん重要なことはすみました」

21

夕暮れ、ボートの作業場が一日の仕事を終えるころ、カトリは桟橋のほうにおりていった。また風が強くなった。リリィエベリ兄弟は帰るところだ。カトリは彼らに会いにいき、エドヴァルド・リリィエベリの前に立った。弟たちはそのまま歩みさる。

「風がでてきたわね」とカトリは話しかけた。「ちょっとなかに入っていい？」

「どうかな」とリリィエベリは答える。「用件はなんだい？」カトリとかわした最後の会話が記憶に残っていて、気まずいのだろう。

「ボートの話なの。ボートを注文したいのよ」

リリィエベリは眼を丸くする。カトリは吹きすさぶ風に逆らって叫んだ。「ボート！　マッツにボートを造ってやってほしいのよ！」

リリィエベリは答えないが、作業場のほうに向きを変え、鍵を開けた。これまでカトリはなかに入ったことがない。突風が屋根の展板をひどく揺さぶるが、広い屋内はひっそりと穏やかな印象を与える。薄明かりに建造中のボートの骨組みが浮かびあがり、フレームの頑丈な肋材が窓ぎわの壁にシルエットを落とす。屋根からは側板になる幅広の厚板がたばねて吊りさげられ、かんな屑とタールとテレピン油の臭いがする。カトリは理解した。弟がたえず戻りたいと思っているのはこの場所だ、すべてが正しく浄らかで平和な世界なのだ。リリィエベリのほうをむいて、船室《キャビン》つきの大きなボートを造る暇はあるかと訊いた。

「どれくらいの大きさだ？」

「九メートル半。カラヴェル型の」

「時間はあるよ。だけど高くつくぜ。モーターはどうする？」

「四気筒のディーゼル」とカトリは答える。「ボルボ・ペンタの四〇または四五馬力。マッツが設計図を描いているのよ。よく出来ていると思う。もちろん、わたしはボートのことは素人だけど」

「そうは思えないな」とリリィエベリはいい返す。

「マッツの図面をじっくり眺めたのよ」

「なるほど。やつもいくらかわかってきたようだな。近いうちにみせてもらおう」

カトリがいう。「ひとつ問題があるのよ。マッツにこのことを知らせたくない。確実だと思えるまではね」

「確実に支払えるめどがつくまでという意味か?」

カトリはうなずく。

「で、払えるのかい?」

「ええ。でもまだ。春になってから」

「そうか」とリリィエベリは口を開く。「あれやこれやを考慮しても、かなり変わった注文ではあるな。ほかの連中になんといえばいい? 注文主がいるはずだが、アエメリンか?」

「いいえ。そうじゃない」

「だが、あんた自身は表にでたくないんだろ?」

「ええ。すくなくともまだね」

「なあ」とリリィエベリはカトリの眼をまっすぐみた。「おれにどうしろというんだ? あんたのかわりに嘘をつけってか、あんたが自分じゃできないからって?」

カトリは返事をせず、道具がかけてある壁のほうに歩いていく。ひとつひとつが定位置にあって、みごとに整頓されて光っている。カトリは試すように道具をつぎつぎとさわっていく。弟とそっくりだな、とリリィエベリは考える。こいつらは同じような手つきで物をさわる。見捨てるわけにゃいかんな。小さな魔女さんよ、こんなあやふやな注文のことがばれたら、さぞかし村の連中がやいのやいのと騒ぐだろうよ。でもまあ、支払が焦げつくようなら、ボートをほかの客に売ったってかまわんわけだ。リリィエベリはいう、ひどくそっけなく。「いいよ。やってみようじゃないか」

その夜、リリィエベリは〈兎屋敷〉をたずね、マッツはいるかと訊いた。ボートの設計図の噂を聞いたが、実物をみたいからと。ふたりは図面を点検した。「なかなかいいぞ」とリリィエベリはいった。「だが、もっとよくなる箇所がいっぱいある。明日、作業場に来るときに図面をもってこい。ただし、だれにもいうんじゃないぞ」

家の者には九メートル半のカラヴェル型ボートの注文をうけたと告げた。ただし注文主は名前をだしたくないそうだと。

「そんな話いつ聞いたんだよ？」

「もうだいぶ前になるかな」とリリィエベリは答える。そしてこの嘘は、一日おく人間に贈りものをするのと同じくらい、ごく自然に口をついたのだった。

22

アンナは口数が減り、不機嫌になった。おぞましい疑念に囚われてしまったのだ。みんなして親切で気だてのよい人間である自分を騙してきたなんて。生まれてはじめて不信感をいだいた。おかげで彼女自身も周囲の人間も居心地がよくない。うろうろと歩きまわり、あらゆることに思いをめぐらせる。隣人、出版社の連中、はては無邪気な幼い子どもまで、みんなが、まさしくひとり残らず、自分から騙しとってきたのだ。アンナは時間をさかのぼり、パパとママの記憶にたどりついてようやくひと息ついた。もちろんシルヴィアのところでも。〈兎屋敷〉の外のすべては、みみっちさとひそやかな嘘にみちた不確かな世界となりはてた。なんでも鵜呑みにする人間をだれも尊敬しやしません、とカトリはいった。当のカトリときたら、いまも書類片手に、あの粘りづよい声でアンナの注意をしつこく喚起する。自分の利益を損なうことをするなと指図され、アンナ自身がなんの話か呑みこめないうちに、とにかく否《ネイ》といえと求められる。これは金額が大きい、これほどの金額があればなんでもできる、考えてみてください、これはかなりの高率まで上げられる、先方の対応は不誠実だったから、とかなんとか。

「カトリ」とアンナはいう。「わたしの話も聞いてちょうだい。つまりね、四六時中、不信感に苛《さいな》まれるより、騙しとられるほうがずっといいわ」

ここでカトリは失策《へま》をした。「でも手遅れですよ、そうでしょう？　選択の余地はありません。あなたはもう人を信用しなくなっている、そうじゃないですか？」

アンナは机から立ちあがった。台所に行って、庭への扉をばたんと開けて、カトリの犬につかつか歩みより、「外へ！」と小声で命じた。大きな獣の筋力がごわごわの毛皮をとおして両手に伝わるが、アンナは怯《ひる》まない。力をこめて犬をこづきながら雪のなかに引きだした。薪の山から一本の棒をぬきだし、思いきり遠くへ投げて、「とっておいで！　ほら！」と叫ぶ。犬はアンナをみつめるが、動こうとしない。アンナはまた投げてくり返す。「とってこい！　遊べ！　いうとおりにしなさい！」怒りの涙がこみあげる。ひどく寒い。アンナが屋敷のなかに戻っても、扉は開けっぱなしだった。

アンナはあきらめない。屋敷が無人だとわかると、すぐさま犬を外につれだす。執拗に、歯を食いしばり、森にむかって棒を投げつづける。何度も何度も、くる日もくる日も。ついにある日、犬は棒をくわえて帰ってきた。のろのろと、耳を後ろに寝かせて身をひき、雪のなかにじっと立ってアンナをみあげている。

「なにをしてるの?」とマッツが訊いた。坂をのぼってきて、屋敷の角に立っている。

「テディが遊んでいるのよ」とアンナは答え、戦慄をおぼえる。「犬というのは棒切れをとってくるのが好きで……」

「この犬はちがう」とマッツはいう。「カトリにだけ服従すべきなんだ。なかに入って」。これまでマッツはアンナにきびしい口調で話したことはなかった。マッツは扉を開けた。アンナは彼の横をすりぬけ、なかに入った。

「あたらしい本がとどいたわ。好きなのをもっていって」とアンナはいう。「わたしは読みたくない、今夜はね」

マッツは本を一冊ずつ手にとったが、またもとに戻した。やがてきまり悪そうにいった。「しつけられた犬というのは特別なんだ。ちょっかいをだして不安がらせてはいけない。大事にしてやらなきゃ。カトリは犬に棒をとって来させたりしないよ」

「あの犬がかわいそうで」

「そうかな」とマッツはいう。「あれなりにしあわせなんだ。いまさら変えるのは遅すぎると思うな」

「ところで、どの本にする?」アンナはいらいらして訊く。「どんな本を送ってきたのかな……。『ちびエリックの海の旅』。くだらない。売れのこりのがらくたしか送ってこない、たぶんね……。ジョゼフ・コンラッドは読んだ? 『タイフーン』は?」

「読んでない」

アンナは本を捜しにいった。「ほら、これ。一度くらいは血の通っているものを読みなさい。『タイフーン』は嵐に翻弄される船を描いた最高の本よ。たんなる冒険に終わらない。ただの嵐をこえて……。そうね、あなたの文学趣味の姉さんでさえ、ジョゼフ・コンラッドは読んだかもしれない」。しばらくしてアンナはつけ加える。「理解したかどうかは疑問だけどね」

マッツはアンナと眼をあわさない。ものをさわるときと同じ丁寧さで本の頁をくりながら、カトリにもだいたいはわかったと思う、とても利口な人だから、ぼくらよりずっとね、と遠慮がちに答えた。

「そうねえ」とアンナはいう。「あなたよりは利口でしょうとも。でも、あなたね、彼女に天賦の才はないわ。これぱっかりは利口さとはまったく別物よ」

アンナがたちさると、マッツは紅茶を沸かし、台所のテーブルのそばに坐って読みはじめた。嵐のなか、屋敷は静かになった。

アンナは読書の愉しみを失った。海や原始林や砂漠の英雄たちは、もはや生気のないただの絵姿にすぎず、公正な報奨と永遠の友情と当然の懲罰を重んじる、あの信義あふれる世界へとみちびく扉ではなくなった。わけがわからないまま、アンナは扉の外に閉めだしを食らったのだ。

ある日、さりげなくアンナはいった。もうビジネスにいっさい関与する気はない、話すのも知るのもいやだ。パーセントを熟知しているカトリが好きに配分すればいい。

「でもアンナ、それはむりです。重要な手紙までわたしが責任をとることはできません。まじめな話で、遊びじゃないんです」

「そうね、あなたは遊びを知らない」とアンナはすこし陰険にいい返した。「遊びのなんたるかを知らない、それがすべての元凶なのよ」

このころかもしれない、カトリが例のパーセントの賭け《ゲーム》を「マッツのための遊び」とひそかに命名したのは。仕組はごく単純だ。数枚の四角い厚紙に、パーセントの数字が五%、四・五%、七%、一〇%……とはっきりと記されている。これをトランプのカードみたいに配る。賭けは説明なしの即断即決だ。

カトリがいう。「この人たちは四パーセントを提示しています。いくら要求しますか？」

「五パーセント」とアンナは即答し、手札を机の上に投げだす。「騙されてはだめよ！」

「マッツの分け前は？」

「二・五パーセント」

「いいえ」とカトリは答える。「わたしならあなたに四パーセント、マッツに二パーセントを要求します。今回はわたしに優先権があります。五パーセントに上げて一パーセント稼ぎました。これは共同基金にプールしましょう」

「で、その基金でどうするの？」

「あなたが決めてください」

「テディのベッドカヴァー」。アンナはそういって笑った。「さて？　つぎの提案は？」

「先方は七・五パーセントを提案しています」

「一〇パーセント！」とアンナがどなる。「でもマッツには四パーセントだけ」

「アンナ。ごまかしていますね。一〇のカードをもっているはずがないんですから」

「じゃあ、八。ただしマッツはやはり四パーセント、いえ、五にする。五パーセント」

カトリは数字を書きとめる。賭け《ゲーム》の相手は椅子の背にもたれて、くり返す。「それで、おつぎは？」

「今回はもうありません。書類戸棚でみつけたものはすべて返事をだしましたから」

「でも、振りはできるでしょう？」とアンナはいう。「つづけたいわ」

ふたりは架空の数字で賭けをするようになった。しばしば夕暮れまで。丸太が燃やされ、机の上には二本のキャンドルと紙とペン。厚紙のカードを配り、一枚ずつめくり、掛金をいって、カードを捨てる。どのカードにも大きな数字が記されている。しだいに金額は膨れあがり、ついには数百万になった。カトリはいちいち数字を書きとめる。この遊びをうけいれ、たいていはアンナに勝ちをゆずったが、虚構の賭けには苦しめられた。数字の尊厳を損なうものと思えたのだ。アンナのビジネスにかこつけて賭けをした時間のせいで、あるいはむしろビジネスを語るアンナの口ぶりのせいで、カトリは非現実的な感覚に呑みこまれ、しばしば数字の浄らかな平衡と実体をとりもどすのに苦労した。誠実な賭けであらたに勝ちとった金額を、以前にとりもどした金額、つまりカトリの計算ではマッツの分け前となるべき金額に加える一方、さらなる注意を払ってアンナの分け前となるパーセントを記入した。しかし仮想の金はカトリを混乱させる。アンナのゼロの使いかたは幻惑的で、生まれてはじめてカトリは計算ができなくなった。自室で長いこと机にむかい、両手をつよく眼に押しあて、実際の遊びと気まぐれの遊びとを区別しようとした。あいかわらず数字はカトリにつきまとうが、もはや協力者としてではない。アンナの遊びはいわば自分への罰だと感じる。ひさしく放置されていた手紙には返事してしまったし、そうそう新規の手紙は来ない。アンナは消沈する。「騙しとれる相手はいないの？　じゃあ、百万長者の賭け《ゲーム》をしましょう」。この遊びでは対戦相手をパーセントで負かすことができる。要求するパーセントの数字の多寡は関係がない。

オークションピケットを始めたのは誤りだった。アンナは負けかたが汚い。腹をたてて機嫌が悪くなる。そこでまた百万長者の賭けに戻った。

ひとりになるとアンナは犬を裏庭につれだし、投げた棒をとって来させる。犬は変わってしまった。だれかが勝手口を通りすぎると、跳ねおきて歯を剝きだす。

「伏せ」とカトリがいう。すると犬はまた寝そべるのだった。

23

アンナの寝室の窓の下には、白く塗られた鉄の植木鉢がおいてある。ずいぶん前から使われていない。ここにカトリはシステムファイルを設置して、アンナの私信やパパとママの手紙類をおさめる気だ。このたびは部屋の家具と合わせるために、白い綿繻子のファイルが選ばれた。

「ははあ」とアンナはいう。「パパとママの手紙ねえ。ずっと昔に氷の上に乗っかっているものと思っていたわ。これも読んだというわけね？」

カトリは身体をこわばらせる。アンナの顔がひどく変わっていることに気づく。ひきつらせ、狡猾さを感じさせる顔は、美しくない。カトリは答える。「いいえ、読んでいません」

「なんとまあ」とアンナはいう。「どのファイルにも背ラベルに年度が記されて。これで好きなものを好きなときにとりだせる。たとえば、だれかが一九〇八年にパパにあてた手紙もね」

カトリはアンナをじっとみて、なにもいわずに部屋をでていった。

アンナは部屋のなかをうろうろと歩き、あれやこれやの品物を移動させてはもとに戻す。いやな気分につきまとわれ、慰めがほしいという欲求に抗えなくなる。しまいにはシルヴィアの手紙をおさめた白いファイルを手に、ベッドの端に腰かけた。手紙は年代順に整理されている。学校時代やシルヴィアの結婚やイタリア旅行の絵はがきはすっとばした。アンナの両親が亡くなったときのお悔みの手紙も。両親はあいついで他界したのだった。アンナはいらいらと年代を追う。もうすぐ来るはず、最初の水彩画の話が。ああ、これだ。「アンナ、やりたいことがみつかったのね、おめでとう。ちょっとした仕事は気持を晴れやかにするもの」。ちがう、まだこのときは本格的に始めていない……。もっと後のことだ、シルヴィアに絵をみせたのは。それともあれは最初の本がでたときか、よくおぼえていない……。ともかく、アンナの仕事についてはじめて、そう、真剣に語りあったとき、シルヴィアはいった……。彼女は助けてくれた、ほんとうに。おかげでこの仕事をつづけられたのよ。これかな?「人生は短く、芸術は長い、闘いつづけるのよ、アンナ」。いいや、ちがう、ぜんぜんちがう。それともこれか?「そんなに悩まないで。インスピレーションは来るときには来るわ」。そして「あなたの兎はとってもかわいいと思う、心配することないわ」。往復書簡も終わりに近づく。「風景をいだき、しかも欺かれない、と書いていたわね、あれはどういう意味？　ところでわたしの新年のお祝いはとどいた……？」手紙はしだいに間遠になり、やがてクリスマスカードに変わる。もう一度、捜しなおす。あの重要な文面を捜しださなくては。アンナの仕事についてシルヴィアがいった決定的なひと言を。だがみつからない。シルヴィアはぜんぜんわかっていない。アンナの仕事のことなんかどうでもよくて、ただ救いがたく感傷的なだけだ。アンナはからっぽのファイルをもとの場所に戻し、手紙の束をプラスチックの袋に入れる。それから地下室におりて、鉢植えの破片をその袋に押しこみ、きちんと口を縛った。屋敷には犬しかいない。アンナは暖かい格好をして、浜辺への道をくだっていく。氷はすべりやすく、例の家具の山までは思っていたよりも遠い。迫力のあるがらくただ。まるで記念碑みたいに。品物をみさだめて、ひとつひとつ確認しようとしたが、むだな骨折りだった。プラスチックの袋をどさりと投げすて、家路についた。シルヴィアとの訣別に立ち会った者はいない。勝手口でアンナは犬に「これでどうよ？」といったが、勝ちほこるというよりも事務報告に近い口ぶりだった。

24

くる日もくる日もマッツはボートの作業場ですごし、夕方は食事がすむと自室に閉じこもる。カトリはなにも訊かない。

マッツはひたすら坐って図面をひく。ひとつまたひとつと細部《ディテール》を改良するために本は読まない。もっぱらボートに関心をそそぐ。リリィエベリに手付金をわたす期日がやってくる。価格の三分の一だ。実接《さねつ》ぎと船体の板組が終わった時点でさらに三分の一、そしてボートの完成時に最後の三分の一。手付金が確保できたらマッツにいおう。あなたが造っているのはあなた自身のボートなのだと。でもまだいえない。アンナに話をする決心がつかない。最近の彼女は当てにならない。汚い手を使って、あれは気まぐれだったとマッツのパーセントを奪いかねない。待たなければ、そして彼女の扱いは慎重に。いつも待っている。記憶にあるかぎり、わたしはただ待つ以外のことをしたことがない。知性と洞察と胆力のすべてを賭けて、行動できる状況になるのを、じっとひたすら待ってきた。いっさいを決定し、いっさいを正しく配置しなおす大いなる変革を待って。ボートはとても重要だが、手始めにすぎない。彼女の遺産を倍増しよう。休眠中の死んだお金をかき集め、じょうずに運用して生きかえらせ、彼女に戻すのだ。二倍にも何倍にもして。この百万長者の賭けは遊びじゃない。この賭けはわたしにふさわしい。いまからでも遅くはない。遅すぎるはずがない！

25

カトリが犬をつれて外出したある日、アンナは仕事の抽斗《ひきだし》を開けた。数多い抽斗のなかで、つねに非の打ちどころなく整頓されている唯一の抽斗だ。冬のあいだは閉じられていた。海から最初の春の霧がのぼるや、アンナはこの儀式をおこなう。表面に丁寧にオイルが塗られ、年季の入ったチーク材の箱をとりだし、絵の具をひとつひとつ綿密に調べる。補充の必要はない。絵筆のなめらかな先端を試すように指でさわる。テンの剛毛製で、入手できる最上の筆だ。じっくりと注意ぶかく、材料をことごとく吟味したが、すべて申し分のない状態だ。絵の具箱をまったく同じ状態で同じ場所に戻す。それから屋敷の裏手の森に入っていき、雪のなかに穴を掘った。穴の下から苔がのぞく。片手を凍土に押しあてると、氷がゆっくりと解けるのを感じた。しかし、まだ時は来ていない、まだ当分は。

26

カトリは岬にむかって歩く。森の端で春いちばんの雷鳥がさえずるのが聞こえる。

アスファルトのように灰色の氷の上を、藍色の雲の影が細い筋をひいて動いていく。犬は落ちつきを失い、カトリの歩調にしたがわず、灯台のところで逃げだしてしまった。カトリは低い抑揚の声で命じた。これで通常なら効きめがある。犬は狼のように横向きにふりむくが、戻ってはこない。カトリは煙草をとりだす。あらためて声をさらに低くして命令したが、獣は動かない。カトリは背をむけて歩きだす。光はあざやかで透きとおり、風景がすみずみまで春への期待に彩られている。はやくも波打ちぎわで氷が割れはじめ、あふれる水が息づきながら氷片の裂けめに流れこみ、もりあがって表面を覆いつくしては、また氷片の下に沈みこむ。カトリは煙草に火をつけ、空箱をまるめて氷の上に放りなげた。すると犬は波打ちぎわを一目散に走って、箱をとりにいき、口にくわえ、カトリの足もとにぽとりと落とした。毛皮は逆立ち、頭はそっぽをむいているが、視線はカトリの視線をまっすぐ捕えている。カトリは自分の犬が敵対者になったことを看てとった。屋敷に戻り、アンナにいう。「アンナ、あなたはわたしの犬を混乱させてしまった。それも隠れてこっそりと。わたしはもうあの犬を信頼できない」

「信頼するってねえ」とアンナはいい返す。「どういう意味かしら……。犬というものは遊びたがる、そうでしょうが！」

カトリは窓のところに行き、背をアンナにむけたまま言葉をつぐ。「あなたは自分のしたことが、よくわかっているはず。でも、犬は自分になにが期待されているのか、わからなくなっています。こんなことも理解できませんか?」

「ええ、できないわ!」とアンナは声を荒げる。「人間にはね、遊びたいときもあれば、そうじゃないときも……」

「あなたは遊びたくて犬と遊んだわけじゃない。自分でもおわかりでしょう」

「じゃあ、あなたはどうなの、カトリ・クリング!」とアンナはどなった。「あなたのお金の遊びは愉しいとでも? それにあなたの犬はしあわせじゃない。ただ服従するだけで……」

カトリはふりむいた。「服従する。そう、あなたは服従のなんたるかを知らない。服従するとは、だれかを信頼できると信じて、道理にかなった命令にしたがうことです。それは安堵です。責任からの解放です。物事が単純になります。なにをすべきかがはっきりわかる。信頼すべき人間がたったひとり存在する、これこそが安心と平静を生むのです」

「たったひとりの人間ねえ!」とアンナは叫んだ。「けっこうなお題目。で、わたしがあなたに服従しなければならない理由は?」

カトリは冷ややかに答える。「わたしは犬の話をしていたつもりですが」

27

ある朝、アンナは自分で郵便を雑貨店にとりにいくといった。

「どうぞ」とカトリは答える。「すべりやすいので長靴をはいてください。フェルトのブーツじゃなくて。サングラスもお忘れなく」

アンナはフェルトのブーツをはいた。坂道は最悪の状態だ。公道にたどりつく寸前で、雪のなかに坐りこんでしまう。肩ごしにすばやく屋敷をうかがったが、どの窓にも人影はない。

「おやおや」と店主がいう。「アエメリンさんを店でおみかけするとは、これまた珍しいことで。ちょいと心配していたぐらいでしてね。なにせお宅のように人里はなれた屋敷じゃあ、なにが起こるか知れませんしねえ……。最近では、という意味ですが。なにを差しあげましょう？」

「キャラメルがほしいのだけど、名前が思いだせなくて……。ずいぶん昔のことで。小猫の絵の。長方形で、小さい猫が描いてあって」

「〈キスキス〉でしょう」と店主が甘ったるい声でいう。「昔からあるやつですね。あたらしいのもありますよ、小犬の絵柄の」

「いえ、けっこう。小猫のがいいわ」

「そうでしょうとも。あんな大きな犬が屋敷にいると、不都合もおありでしょう？まるで野生だとの噂ですからね」

「あの犬はよくしつけられています」とアンナはよそよそしく反論する。店主が自分を騙してきたことを思いだしたのだ。そのにやにや笑みは感じがよくないばかりか、丁重でさえない。アンナは店主に背をむけて缶詰を物色しはじめたが、例によって自分がほしいものを決められない。スンドブロム夫人が店に入ってきて、いやに大げさに驚いて挨拶をする。コーヒーとマカロニを買い、レモネードの壜をかかえて窓ぎわのテーブルに陣どり、聞き耳をたてている。

　店主がいう。「クリングさんはご立派な家政婦になったというわけで。そう、彼女は自分がなにをしているか百も承知ですよ。こいつはわたしの持論でしてね。それに弟のほうも、あれで人が思う以上に頭が回るようで。いまじゃ、彼の設計したモデルをもとに、ボートまで造ってやるそうじゃありませんか？」

「これはなにかしら？」とアンナは訊いた。

「イーストですよ。パンを焼くときに使うやつです」

スンドブロム夫人は甲高い声で笑い、コップにまたレモネードを注いだ。

「ボートといえば」と店主は話を戻し、にやりと笑う。「じっさいボートってやつはすばらしいですな。わたしは昔から好きでしてね。あのボートはアエメリンさんが注文なさったんでしょう？　ちがいますか？」

「ちがいます」とアンナは答える。「ボートのことには疎くて、残念ながら。ボートの本は読みますが。これでけっこうです。勘定につけておいてください」

一瞬にして悪意が店にみちた。アンナがでていくとき、スンドブロム夫人が後ろから叫んだ。「クリングさんによろしく。とっておきの挨拶をクリングさんにぜひ伝えてくださいよ！」

アンナは家路についたが、郵便をうけとるのを忘れていた。あの人たちはなんていったのか。店でかわされる他愛のないお喋り……。いやいや、とんでもない。もう騙されはしない。わたしは知っている、あの人たちの根性が曲がっていることは。おなかのなかではこのわたしアンナ・アエメリンを嘲っている。カトリやマッツのことも……。もう二度とあそこには行くまい。もうどこにも行きたくない、森以外のどこにも行くものか。仕事をしなければ、それもできるだけ早急に……。いますぐ……。

〈キスキス〉は四十年前と同じ味がしない。いやらしく歯にくっつく。アンナは公道だけをみつめてひたすら歩みを速める。数人の隣人と行きあったが、彼らの挨拶には気づかぬまま、ただ家に帰りつきたいとだけ願った。あの怖るべきカトリの待つ家へ、変わりはてた彼女自身の世界、ひどく苦々しくなったとはいえ、悪意や隠しごとのない世界へと。村道のはずれでニィゴードの女主人があらわれて、アンナの前に立っていう。「まあ、なんでそう急いでいなさるのか、アエメリンさん。そろそろ春になるというので、おでかけというわけですか？　もうすぐ土が顔をだしますかね？」落ちついたやさしい声にアンナは歩みをとめ、解けかけの雪をふみしめて顔をあげた。春の陽光が眼を射る。

「〈兎屋敷〉のみなさんはお元気かしら？」

アンナはすばやく答える。「なるほど！　村ではそう呼ばれているのですか！」

「そうですよ。ご存じなかったんですか？」

「ええ、まったく」

ニィゴードの女主人は真顔でアンナをみつめて答える。「愛称です。悪気はありませんよ」

「失礼、ちょっと急いでおります」とアンナはいう。「おわかりにならないでしょうが、いまはほんとうに時間がなくて……」

浜辺におりていく道は凍てつき、杖はすべるばかりで、爪先を外側にむけて蟹歩きをしても効果はなく、ただただみじめになる。道端に吹きよせられた雪の塊にはまりこみ、難儀して這いあがり、また歩きつづける。ここまで来ると、家までの道のりは遠くない。しかし不安は刻一刻とつのる。できるだけすみやかに、樅の壁に囲まれた自分だけの土壌、ほかの人間の痕跡のないきれいな雪の土壌にたどりつきたい。坂道をおりたあたりで、村の子どもたちが叫んでいる。歌うように、たえまなく、一斉に。アンナには聞きとれない文句をとなえながら、そろって屋敷をみあげている。

「叫ぶのはやめて！」とアンナはどなる。「わたしはここよ。どうしてほしいの？」

子どもたちは黙りこみ、後ずさりをする。

「怖がらなくていいのよ」とアンナはいう。「来てくれたのはうれしいわ……。でもわかってね、いまは時間がないの、ほんとうに急いでいるのよ……」。バッグを探ってキャラメルの箱をとりだそうとしたが、子どもたちはアンナにはかまわず、屋敷のほうに向きなおってまた叫びはじめた。魔女、魔女、魔女、……と聞こえる。アンナは坂道をのぼって子どもたちをやりすごす。手のなかでキャラメルの箱がべとつく。アンナは箱をにぎりつぶし、キャラメルを雪のなかに放りなげる。「ほら、もっていきなさいよ！」とどなり、杖をふりあげて子どもたちを威嚇し、凍てついた道を歩きつづけた。

屋敷の裏手では、樹木のあいだをぬって陸風がたえまなく吹きぬける。湿った新雪が樅の枝からどさりと落ちる。ここかと思えばあそこにも。森じゅうに足音と囁きがみちている。日のあたる場所では樹の根のあいだに土がのぞき、茶色をおびたコケモモの茂みのあたりは暗く湿っている。アンナはなにかを期待するかのようにふと足をとめては、また歩きはじめる。

「今年は外にでるのが早いな」。自宅の窓からみていたリリィエベリがいう。「あの婆さん、カレンダーの日付でも読みちがえたんだろうよ。足どりもいつも以上におぼつかないな」

「あの家にゃ魔女がいるからな」と弟がうける。「じわじわと効果てきめんてわけさ」エドヴァルド・リリィエベリはくるりとふりむき、「いいかげんに黙れよ。おまえがそうも軽々しく引導をわたすあの魔女はな、おまえの十倍は賢いぞ。おまけに性根の点でも、おまえの勝ちとはいかないな」

アンナは森の端にそって歩く。毎年この同じ道をたどる。同じ興奮をもって、冬のあいだにためこんだ期待をいだいて、樹から樹へと歩いていく。アンナは懐かしい土壌をみいだしたが、今日は、むりやり早めたこの日ばかりは、この黒い土壌からなんの約束もとりつけられない。まだら模様の湿った土、ただそれだけだ。なんの気配もなく、やがて奇蹟が生まれるとはとても思えない。

アンナは家のなかに入った。

28

アンナはつねづね土壌を写しとる画家を自任していたし、ときにはそう公言もした。ところが聞き手はそれを謙遜のしるしとみなし、彼女を驚かせる。謙遜どころか、この言葉の背後には穏やかだが誇りにみちた確信が潜んでいる。厳密にいって、ほかならぬこのアンナ・アエメリンだけが、独自の真正なやりかたで森の土壌を写しとれるという確信だ。永遠の生命をやどして繁茂する森の土壌が、アンナを失望させたことはない。しかし、この日はじめて森を歩きまわったあと、アンナははげしい不安にとらえられた。人にも物にも心の和むことはなく、アンナは放りだされ、拠り所を失ったと感じる。日々はすぎ、いよいよ不安はつのる。アンナは自分でも理由がわからないままに、パパとママが長い生涯にうけとった手紙を手にとった。じつをいうと、彼女の仕事、つまり仕事にたいする彼女の姿勢と関係がある。手紙で膨らんだ無数のファイルのどこかにあって、子どものアンナまたは若いアンナが、森の土壌に魅了された理由や時期を説明するなにかが、せめてその示唆くらいはみつかるはずだ。ただの一度も裏切らなかった唯一のものに、身をささげた理由や時期についても。そう、ただの一度も裏切らなかった、すくなくとも今日のこの日までは。たいせつなことだ。だれかがなにかの折りに話題にしただろう。手紙はたくさんある、ありすぎるといってもいい。しかしユリウスとエリセあての手紙にその娘への言及はない。アンナは読むのをやめず、ますます焦って飛ばし読みをする。食事をする気にもなれず、暗くなるとランプをつけて読みふける。はるかな死者にとって重要だったはずの言葉や伝言や注釈の大海を泳いでいく。ひとつのファイルを開けて閉じるたびに、アンナは成長している。しかし彼女のことをだれも話題にしない。せいぜいが、お嬢さんによろしくとか、あなたたち三人によいクリスマスをとかの決まり文句にすぎない。アンナは存在しない。パパが行政当局とかわした手紙、各種協会やクラブの会費領収書、ママの家計簿、海外旅行の記念にとってある列車の切符、本国では会わないくせにふと思いだして送られてくる南の国からの絵はがき、そして「エリセ、おめでとう、娘さんが上級試験に通ったのね」など……。その後はエリセ・アエメリンの死を悼む弔文、そしてのおしまい。

「そう」とアンナはいった。「たぶんこのころのはずよ、土壌の模写を始めたのは」

29

翌朝、アンナは起きようとせず、「放っておいて」という。

「気分が悪いの?」とカトリが訊く。

「なんでもない。起きたくないだけ」

カトリは枕元のテーブルに紅茶のトレイをおく。「この本じゃない」とアンナはいう。

「もう読んだ。というより、あんまりくだらなくて、終わりまで読む気にさえならなかった。どれも似たり寄ったり、あきもせずにくり返して」。アンナはクッションで頭を覆い、反論を待った。だがカトリはでていき、でかけようとするマッツを勝手口で呼びとめた。「すこしアンナと話してくれない? 起きようとしない、どこも悪くないのに。ただ仏頂面をしているの」

「なんで?」とマッツが訊く。

「わからない」

「なんていえばいいのさ?」

「毎晩なにを話していたの?」

「とくになにも」とマッツは答える。「本の話かな」

「読みたくないそうよ」

「知ってる。まずいね」

「なにがまずいの?」

マッツは答えず、じっと姉をみた。姉と別れて、マッツはアンナの部屋に行き、もうすぐ海にボートが浮かぶね、いまにも氷が割れるだろうからと、漠然といった。

「ねえ、マッツ」とアンナはいう。「わかっているわ、わたしを慰めにきてくれたことも、カトリにいわれたからだってこともね」

「まあね」

「それにボートがいつ海に浮かぼうと、わたしにはどうでもいいことよ」

「それはちがう。どうでもいいことじゃない」とマッツは真顔で反論する。「それにさ、いまぼくらはとてもきれいなボートを造ってるんだ」

「ああそう」

「しかもぼくの描いた図面で」。マッツは敷居で立ちどまったが、これ以上いうべきことがみつからない。しまいに、なにか自分にできることはあるかと訊いた。

「ええ、あるわ」とアンナは答える。「ここにあるのをみんな氷の上に運んで。家じゅうが狭苦しくって息もできやしない！」

「もったいないな」とマッツが口をはさむ。「このファイルは高かったんだ。カトリが家具と合わせて白いのを買ったのに」

「運びだして」とアンナはいう。「氷の上の家具のそばに運んで。あそこの家具とお似合いだもの。そしてみんないっしょに沈んでしまうのよ。氷解けのときに。あなたそういったわね？　沈むところをみたいものだわ」

アンナは食事にも来ない。夜遅く、家じゅうが暗くなってから、冷蔵庫になにかないかと台所に行った。カトリの手製の食物パックを物色しだしたところへ、マッツが戸口にあらわれて会釈をした。

「またあなたなの」とアンナがいう。「みてよ、あなたの姉さんの整理癖ときたら！　いまいましい、パックをいちいち開けてみないと中身がわかりゃしない……。氷の上に運んでくれた？」

「うん。もっと運んでほしいなら急いだほうがいい。いまにも割れそうな感じだよ」

「チーズを捜してたのよ。なんでチーズがプラスチックのパックに包んであるのか、理解に苦しむわ。あれみんな沈むと思う?」

「たいていはね。沈んでいく前にすこし流されてしまうのもあるって」

「ねえ、マッツ、ときどき心底うんざりすることがあるのよ、これといって理由もないのに。あなた、ボートの図面の話をしてたわね?」

「ぼくがひいた図面なんだ」

「みてみたい」

「いちばんいいやつはボートの作業場にある。ここには最初のやつしかない」

「もってきて」

「でも出来がよくない、詰めが甘いんだ」

「マッツ」とアンナはいう。「とってきて。これがあなたの人生で、素描《スケッチ》の本質《イデー》を知る人間にみせる唯一の機会になるはずよ」

ひろげた図面を前にして、アンナは長いこと黙って坐っていた。一枚また一枚とみて、とうとう口を開いた。「この描線《ライン》はいいわ」

「こいつは舷弧《スプロング》と呼ばれてるんだ」とマッツがいう。

アンナはうなずく。「いい言葉ね。考えたことがある? 職業的な専門用語には美しくて明確な意味があるということを。とりわけ手仕事の用語にはね。道具の名前とマッツはアンナにほほ笑みかけた。図面が描きなおされるたびに、描線《ライン》が手探りしながら最終的なカーヴへと収斂していく。アンナにはわかった。そこには抑制された一途で忍耐づよい探求の企てがある。そのときはじめて、アンナはヴェランダに積もる雪の吹きだまりに気づいた。同じ曲線《カーヴ》なのである。アンナはいう。「きっと美しいボートになるわ」

マッツは説明を始めた。ボートの航行性能や駆動力を教えるために、ためらいもなく職業的な専門用語をちりばめて、滔々《とうとう》と語る。アンナの知らない言葉ばかりだったが、質問はせずに注意ぶかい沈黙を守った。最後にマッツは椅子の背もたれに身体を投げだし、両手を頭の真上にまっすぐ伸ばし、笑った。「二〇馬力だよ！　まっすぐ！　どこまでも！」

「そう」とアンナはいう。「どこまでもまっすぐ。これでわかった、あなたがもう古くさい海の話なんか読む気にならない理由が。自分のボートを造ってるんだものね」

マッツは答える。「ぼくのボートじゃないよ」

「ちがう？」

「うん、ぼくのものなのは図面だけだ。ボートは売られるのさ」

「だれが買うの？」

「リリィエベリもまだ知らない。とにかく造ってるんだ」。マッツは立って、図面を丸めた。

「ちょっと待って」とアンナがいう。「もし自分のボートがあったら……。どうするつもり？」

「遠出をするよ、もちろん。何日もね」

「ひとりで？」

「とうぜん」

「わたしもボートがほしいと思ったことがある。浜辺につないでおいて、いつでも好きなときに使える自分だけのボートを。だれにも知られず、ほかのだれにも……。考えていたのは白い漕ぎボートだったけど。あなた、モーターは扱えるの？」

「いま習ってるよ」とマッツが答える。

庭の扉が開いて閉まった。ふたりは口をつぐむ。カトリが遠ざかるのが聞こえる。

アンナが訊いた。「モーターはむずかしい？」

「気構えがあればそうでもない。ボートが航行体制でちゃんと浮かんだら最後の点検だ。それからモーター室や燃料タンクやベンチのことを考える。船室《キャビン》の寝場所のことも。そんなのはみんなあとの話だ。大事なのはボートが海にでて、作業場につぎのボートのための場所ができることさ」

アンナはろくに聞いていない。「わたしはボートを漕いだ」と語りだす。「平底のボートを借りて、ひとりで漕ぎだしたのよ。でも島はどれも遠くて、おまけに夕食には家に戻らなくてはならなくて……。でも、わたしがあなたの設計したボートを買ったとしても、わたしが遠出をしたり四六時中ボートに乗ったりなんて、まず考えられない。めったにないでしょう。じっさいボートがそこにあると知っているだけでいい……。ボートの理念《イデー》というやつよ、わかるわね。でも、それはあなたのボートなの、このことはくれぐれも忘れないで」

「意味がわからないよ」

「なにがわからないの？」

マッツは頭をふり、戒めるようにアンナをみた。

「ただのお喋りだと思っているのね」とアンナはいらだつ。「あなたは知らないでしょうけど、わたしはね、なにかを手に入れたいと思ったら、ほかのことはどうでもよくなって、目的めがけてまっしぐらに突進するの。残念ながら最近はほしいものなんてめったにない……。でも、このボートはあなたにあげたい。いえ、この話をするのはやめましょう、いまのところは。これはふたりだけの秘密よ。もう寝る。今夜はきっとぐっすりと眠れるわ」

30

「ちょっと時間ある?」とマッツが訊いた。

リリィエベリは作業をやめて顔をあげ、内密の話だと悟る。ふたりは作業場の隅に行った。

「なんだい?」

「まだボートを売る約束をしてないよね」

「まあ、好きに考えろや」

「だって、あれはぼくのだ」とマッツはささやく。「わかる? あれはぼくのボートだ。ぼくがボートの持ち主になるんだ」

「そうだな。それで支払はどうなる? いつ確実になるんだ?」

「もう確実だよ」

「そうか、仕上げは上々ってわけだ」とリリィエベリは愛想よくいう。

「心配しなくていいぞ。ボートはだれにも約束はしてないからな。弟たちは知らなくても、このおれは知ってる、これが肝心なのさ。匿名の注文主てのも悪くない。支払さえ確実ならな」

その後、リリィエベリが作業場の外で煙草を吸っていると、カトリが通りかかった。

「やあ、小さい魔女さんよ。うまくいきそうじゃないか」

カトリは犬といっしょに立ちどまる。エドヴァルド・リリィエベリは嫌いじゃない。

「すべて願ったり叶ったりてとこだな。手付金は待ってもいい。ともかく適当にお茶を濁さずにすむのはありがたい。いまじゃだれもがボートはマッツのだと知ってるからな」

カトリはぴたりと動きをとめて訊いた。「だれがそういったの？」

「もちろんマッツ自身さ。やつが決まりだといったんだ。なにかまずいことでもあるのか？」

「いいえ」

「疲れているみたいだな」とリリィエベリがいう。「なんでも生まじめに考えるなよ。物事というやつは、ちっとばかし待ってりゃ、自然にどうにかなるものさ」

「それはちがう。待ってるだけじゃ、どうにもならない。ときには待ちすぎることだってあるわ」。カトリは犬をつれて遠ざかる。犬はのろのろとついていく。リリィエベリは見送りながら、どうもなにかが変だと考えた。

カトリは岬にむかった。落ちついた低い声で何度も犬に命令する。犬は肩の毛を逆立て、攻撃にそなえているかのように両耳を前にぴんと立て、カトリの脇を走る。ふいにカトリは平静さを失い、犬にむかって叫んだ。道の真ん中に仁王立ちになって叫ぶ。全世界にむかって、自分でどうにもできないものすべてにむかって、自制のすべもなく失望と疲労感から絞りだされる言葉を投げつけた。そのとき、犬が吼えはじめた。いままで村びとはカトリ・クリングの犬が吼えるのを聞いたことがなかった。小さな犬がきゃんきゃん啼くのには慣れっこだが、この吼え声は狼犬の叫びだ。村びとはこの叫びを聞き、なにが起こったのかと頭をひねる。獣は吼えつづけた。やがてカトリの後からのっそりと屋敷に戻った。カトリは屋敷の庭に獣をつないだが、吼え声はいつまでもやまない。

「あなたの犬はどうしたの？」とアンナが訊く。「なぜ吼えているの？」

「もうわたしの犬じゃない」とカトリは答える。「あなたがわたしから奪ったのよ。それにマッツにはなにをしたの？　夜ごと、子どもの本をはさんでひそひそ話をし、じっくりと計画を練り、ついに合意に達したというわけね……」

「なに？　なんの話かわからない……」

「ボートよ！　彼のボートの話よ。あなたが彼に与えたのね」。カトリはじりじりと迫る。表情を変えず、声もたてずに泣いている。「ボートを与えたのね。わたしが与えるはずだったボートを。知っていたくせに」

「ちがう」とアンナはいい返す。「いいえ、知らなかった！」

「そうよ、マッツのための遊び！　だけどわたしは真剣だった」

「知らなかったのよ」とアンナはくり返す。「そうじゃない。わたしを怖がらせないで……」

「わかってる」とカトリはいう。「丁重に扱えってね。とても感じやすいから、でしょう？　あなたはお金を軽蔑する。どうでもいいのよ、あなたには。あなたはお金を無造作に捨てる。お金に埋もれているから、お金をもてあそぶ。なにがあっても、あなたを丁重に扱わなければならない。アンナ。プレゼントをするのは気分がいい。感謝にみちた驚きで報いてくれる気立てのいい人にならね。そうじゃない？　わたしは彼といっしょに生きてきて、彼をしあわせにする機会を待ちつづけてきた。すべては記録ずみ。すべては明快かつ誠実な数字で記録されて。あなた自身の承認も得たうえで。そうじゃない？　わたしには考え《イデー》があって……」

アンナはひどく怯え、まったく要を得ないままどなり返した。「考え《イデー》のなんたるかも知らないくせに！　マッツにはある。わたしにも。マッツとわたしは生みだそうとする。だけどあなたは計算するだけ……。もう行って」

カトリは口をつぐむ。

アンナがいう。「わたしには考えがあった。かつては。いまはもうない。あなたの犬を黙らせてくれない？」


アンナ、犬が吠えるのをゆるしてやって。わたしの葬送歌なのだから。運命の気まぐれと自己欺瞞を嘆いて。甘ったるい無意識の残酷さ、一方通行の安っぽい逃避と愚かしさを嘆いて。なによりも救いがたい天性の愚かしさを嘆いて、天にもとどけと遠吠えをする！　あなたにはわからない、ぜったいに理解できまい、わたしが求めてきたものが！


カトリが浜辺におりていくと、マッツがやってきた。「なんで犬が吠えてるのさ？」

カトリは答えない。

「なにかが起こったんだ。どうするの？」

「なにも」

「なにも？　なんてことというんだ！　わかってるよね、あれには姉さんしかいないのに！」

カトリがいう。「マッツ、頼むから癇癪はおこさないで。とくにいまは」

「どうでもいいみたいな口ぶりだから……」

カトリは頭をふり、しばらくしていった。「あそこの岩をみて。花みたいでしょう？」春の訪れとともに海から顔をのぞかせた大きな岩がみえる。沈みつつある氷との対比で黒々と映え、周囲に氷の大きな花弁をまとっている。カトリのいうとおり、ほんとうに花みたいだ。暗い花が遠くへ遠くへとつづき、長い影を氷上に落とす。太陽が沈んでゆく。金色にきらめく氷の道をふたりの足もとに投げかけながら。

「カトリ」とマッツがいった。「来て、みせたいものがある。でも急いで、数分しかないから」

ボートの作業場でも夕暮れの光はまばゆい。ニス塗りの板の一枚一枚、小さな道具のひとつひとつが光をたたえて、ふたりを迎える。夕焼けと静寂にみちて、部屋じゅうが鈍い金色に光っている。カトリはボートをみた。建造中で、まだ骨格だけの枠組だが、ほかのなによりも明るくかがやいている。やがて太陽が水平線に沈み、色はあせていった。

「ありがとう」とカトリがいう。「しばらく残っていていい？　海側の扉からでるのよね？」

「うん、そのほうがいい」とマッツが答える。「閂《かんぬき》を忘れないで」

31

夜じゅう、犬は吼えつづけた。ときには長く尾をひいて。夜明けにカトリが縄をといてやると、犬は森めがけて走りさった。その後も遠くで吼える声が聞こえた。

翌朝、犬は兎をくわえて帰ってきた。たいした事件ではない。リリィエベリの兎の一羽が嚙み殺された、それだけのこと。数日後には首をひねられる予定だった兎なのだ。三人で食卓についていた。犬が台所の扉を爪でひっかいたので、マッツが入れてやった。犬はアンナに走りより、殺した兎を足もとに投げだした。アンナはスプーンをスープに落とし、蒼ざめた。

「外にだして」とカトリがいう。「マッツ、すぐに」

アンナは視線を床に落としたまま、身動きせずに坐っている。出血は多くない。数滴の染み、それだけ。カトリは立って、ナプキンでおぞましい血痕を覆い、アンナに近づいた。「なんでもない。気にするようなことじゃないわ」「そうね」とアンナは答え、のろのろとスープを口に運びつづける。「あなたも坐って」といい、しばらくしてつけ加えた。「カトリ、やさしいのね」

死んだ兎は氷の上に捨てられた。

32

夜ごと、犬はあいかわらず吼えつづける。ときに遠くで、ときに屋敷の近くで。夜明けには遠吼えをする。何時間も静かなこともあるが、人びとはベッドのなかで、つぎの遠吼えを待ちながら、ささやきあう。「聞いたかい？　まるで森に狼がいるようだ。縁起でもない女に、しあわせ薄い犬だ。いずれ撃ち殺さにゃなるまい」。カトリは犬のことを話さないが、庭に餌と水をおいてやる。ときどき夜に、マッツは灯を消し、扉を開けはなして、台所の窓べに坐って待つ。たった一度、夜明けに、マッツは犬をみかけた。マッツはそっと戸口の階段に忍びより、お入りと合図をした。だが、犬はまた森のなかに逃げていった。マッツは匙を投げた。

ある日曜日、ニィゴードの女主人がやってきた。布巾にくるまれた焼きたてのパンはまだ温かい。「アエメリンさん、カトリが気を悪くしなければ、あなたとふたりでお話をしたいんですよ。あなたがたはいっしょに食事をなさるらしいので」。ニィゴードの女主人はすぐ本題に入った。「わたしはアエメリンさんよりも年寄りですから、いわずにすませることでも、あえていわせてもらいます。村じゅうが噂しています。それでお宅にうかがって、〈兎屋敷〉でなにが起こっているのか聞いてみるのも一案だと思いましてね」

「どんな噂です？」とアンナはするどく聞きかえす。「わたしについてどんな噂を？あの雑貨店の店主ですか？」

「アエメリンさん、まあ、穏やかに……」

「承知しています」とアンナはさえぎる。「あの店主でしょう、あの人しかいない。いやな人です。あの人は信用できない」。あざやかな赤い斑点がアンナの頰にうきあがる。アンナは客のほうに身を乗りだし、眼を細めた。「ちがいますか？認めてください、あの人だと。それともリリィエベリかしら。あの人たちは騙します。マッツも騙されている。マッツへの支払はいつも少ない、あなたもご存知のように。その噂とやらはボートと関わりがある、そうでしょう?」

ニィゴードの女主人は長いこと黙っていたが、真顔で話しはじめた。「お宅ではなにかようすが変だとは感じていたんですが、いまになると正しかったんだと思いますよ。ちょっと聞いてください、ねえ、あなた。あなたは元気でいらっしゃるのか、それが知りたいだけです。それに、なぜあの犬は遠吼えをするのですか?」

アンナはコーヒーカップを押しのけた。「失礼。わたし、コーヒーは好きじゃなくて。昔は好きだった、いえ、好きだと思っていたという意味ですが……。わからない。なぜ遠吼えをするのか、わからない。その話はしたくありません」

「アンナさん、ボートはあなたの贈りものですか?」

「いいえ、あれはカトリの贈りものです」

「ああそう、カトリのですか。さぞかし長いこと貯めてきたんでしょうね」

「だからどうだとおっしゃるんです?」とアンナは挑むように叫んだ。「ほんとうに長いあいだ倹約して、すべてを手帳に記録してきたんですからね!」

ニィゴードの女主人はゆっくりとうなずく。「頭をしっかり使える人は多くないですものね」

アンナはまだ突っかかる。「カトリは誠実です! 信頼できるただひとりの人間ですよ!」

「なぜそんなにむきになるんです? カトリ・クリングが賢くて良心的な娘だということは、だれもが知っています。ねえ、あなた……」

アンナはふたたびさえぎる。「ねえ、あなた、はやめてください……。待って。ちょっと待って。気にしないで……」。しばらくしてアンナは弁解する。「年のせいでしょうか、眼がすぐ潤みましてね……。春の光のせいもあって。コーヒーのお代わりはいかが?」

「いいえ、このままで」

ニィゴードの女主人は動じず、アンナの手をにぎって待っている。ようやくアンナは言葉をとりもどし、ひさしく心に重くのしかかっていた事柄について話しはじめた。つまり人の悪口をいうようになったことについて。「これまでは一度もなかったことです」とアンナはいった。「信じてください、ほんとうに。だれかがママにいったことがあります。あなたの娘さんは珍しいですね、ぜったいに悪口をいわないんですものと。おぼえています、はっきりと。でもなぜでしょう? 信じていたのか、それとも赦していたにすぎないのか……」

「ええまあ」とニィゴードの女主人はいう。「ずいぶん前に雪は落ちてしまいましたね」

「でもあなたは人を信じてらっしゃる、そうじゃありませんか？」

「ええ。どうして信じてはいけないんです？　人がすることをいろいろ見聞きはしますがね、反省すべきなのはあの人たちのほうですよ。あの人たちが口にすることを疑ってかかって、彼らのかかえる重荷の上にさらに石を積みかさねる必要がありますかね？」

アンナはいった。「暗くなってきました。あまりお引きとめしたくはありませんので」

「べつに急いではいませんよ」とニィゴードの女主人は答える。「時間はたっぷりあります。ですが、もうおいとましましょう。ときには一度に喋りすぎないほうがいいですからね」

その夜、犬は遠吼えをやめた。

33

春が近づいてきた。日中は土が陽光に暖められて湯気をたて、夜は氷のように冷たく青い。まばゆく美しい季節だ。ボートは進水にむけて完成する寸前にあるが、〈兎屋敷〉ではだれも話題にしない。毛綿鴨が戻ってきた。ある夜、海風が吹きはじめた。カトリはベッドに横たわって風の音に耳をすまし、春の夜のことを思いだす。氷解けを待ちこがれて、しょっちゅう浜辺におりていった。あのころは若かった。最初の鷗たちが戻ってくるときも、浜辺におりて迎えた。たいてい同じ時期の夜にやってくるのだ。

そう、いつも夜だった。わたしは震えながら立って耳をすました。たったひとり、風景と夜のなかで、いまと変わらず忍耐づよく。いまと変わらず壮大な考えをいだき、はるかな世界をこの手に摑むために計画を練った。支えとなる基盤もなく、明確な目的もなかったが、ひたすら強くて揺るがない考えだった。いま、わたしは自分が求めるものを知っている。

カトリは眠れない。夜明けに起きだし、着替えて外にでた。風はやさしく、寒くはない。太陽がもうすぐ昇る。浜辺と氷と空には、穏やかで透明な光がやすらぐ。カトリは埠頭の先端に立ち、ゆっくりと浮き沈みする波の動きにあわせて、弓なりに揺さぶられる黒い氷を眺めた。

ぎしぎしと音がするが、解けるにはまだ間がある。氷は固い。だが沖では割れているはず。もうすぐボートの進水式だ。なぜあの子はボートの話をしないのだろう？　カトリは灯台の岬へとむかう途中、自分のあとをつけてくる犬をみかけた。犬は森の端から離れない。やがて姿は木蔭に消え、岬からは完全にみえなくなった。カトリは鍵の掛かった扉につづく階段をのぼった。太陽がまっすぐ眼を射る。波打ちぎわでは氷が割れて盛りあがる。薄い氷が岩に当たってきしみ、ささやき、重なりあって砕ける。水はどす黒い。

攻撃に音はない。カトリは自分に跳びかかる犬の殺意に野性を感じ、後ずさりをして灯台の壁を背にして、両腕で顔を覆った。すばらしい跳躍だ。これまで究極の力を使いきることがゆるされなかった巨大な獣にふさわしい。一瞬、カトリの喉に犬の熱い息がかかる。犬が重い身体をのけぞらせ、爪で壁のセメントをひっかいた。カトリと犬は身動きもせず、みつめあう。どちらの眼も黄色だ。しまいに犬は両耳を後ろに寝かせ、尻尾をさげる。そのうちぷいと向きを変えると、東のほうへ走りさっていった。村から遠く離れて。

カトリが戻ってきたとき、マッツは裏庭で薪を積みあげていた。「なにがあったの？」

「べつに」

の？」

「犬よ。でも失敗した。なんでもない」

マッツが近づいてきた。「いつもいうよね。なんでもないって。犬となにがあった

「だれがコートを破いたのさ？」

「逃げていった」

「まずいな。もう二度と戻ってこないよ。野生になってしまう。生きていけないよ。なのに、なんでもないっていうのかい？」

「放っといて」とカトリがいう。「わたしにどうしろっていうのよ」

「気にかけてやって！」とマッツは叫んだ。「ちっとは気にかけてやってよ！　姉さんの犬じゃないか。姉さんはみんなを怖がらせるんだ」

「マッツ。くり返しいわないで。アンナといっしょにいすぎたのね。気をつけて、彼女はあなたのためにならない」。カトリはもはや言葉を抑えられず、愛する弟にいいつのる。「なんなの！　なにをいいたいのよ！　わたしが努力しなかったとでも？　実《じつ》のある協約をかわし、守ってやろうとした。なにも頼るものがなく、右も左もわからなかったあの犬に、そうよ、途方に暮れたあの犬に！　安心させてやった、命令を与えることで。いったい、なんなのよ。犬をつれて村を歩くわたしの姿をみなかった

の？　誇りたかく、ただひとつの存在のようにぴたりとよりそってね。犬は悠然と、王のように誇りたかくて！　わたしたちが通りすぎると、だれもが黙った。わたしたちは互いを信頼し、窮地にある相手を見棄てはしなかった。わたしたちはひとつだった、ひとつの存在だった。そしてわたしが期待していたのは……」

「なにを？」

「わからない。あなたたちがわたしを信じ、頼ってくれることだったのかも。薪を積みあげたら覆っておいて。そこの物置の裏にあるトタン板でね」

勝手口でカトリはコートを丸め、アエメリン一家が冬の長靴をしまう戸棚のいちばん奥に突っこんだ。

34

夜が明るんできた。日ごとに夜は短くなり、カトリの眠れない夜がつづく。カトリは窓を毛布で覆ったが、益はない。わかっている。外には春の夜がひそんでいる。闇と眠りは相性がいいが、明るい夜は眼が冴えて不安になる。

なぜマッツはわたしにつらくあたるのか。わからないから？　いや、わからないはずがない。わたしがいつでも自分のやることを逐一きびしく検討していることを。行動や言葉のひとつひとつを慎重に選びぬいていることを。全力をあげて目標を達成しようとする場合、もたらされる結果にもまして、意図こそが第一に考慮されるべきではないのか。責任をひきうけ、保護を与え、偶然にわずかな余地も残さぬために、自分のすべてを注ぎこむなら……。一方、依存する者は心のやすらかさを手にいれる。指示と安心を与え、決定する唯一の人間、つまり教師にまったき信頼をいだくことができる。それぐらいわかってもいいはずだ……。あの犬はどこへ走りさったのか、夜なのに、いったいどこへ。あの犬はもうだれも信じない。だから狼のように危険な存在になった。しかし狼たちはもっとしたたかだ。群れている。はぐれた孤独な狼だけが、狩られて、殺される……。

カトリは庭にでた。犬は来なかったらしい。餌はそのままだ。台所に灯がついている。アンナが窓を開けて叫んだ。「カトリ、あなたなの？　ミートボールの残りはどこにあるのかしら？」

「下の段、右のほう。四角いプラスチックケースよ」

「あなたも眠れないってわけね」

「ええ、この明るさに慣れるまでは」

「昔は白夜が好きだった」とアンナがいう。「好きなものがいっぱいあった」。アンナの声は冷ややかだ。

「若かったときは、でしょう」

「ちがう」とアンナはいい返す。「そんな昔の話じゃない。それに考えてみれば、食欲もないわ。その餌の器をしまったら？　犬は戻ってこない。あなたから離れていたいのよ」。アンナは台所の灯を消した。応接間《サロン》には海側の窓から夜の光がするどく差しこむ。カトリはアンナを呼びとめる。「アンナ。ちょっと待って、行かないで。お願いだから、いったいなにがあったのか、話してくれない？」アンナが答えないので、カトリはつづける。「なんの話かわからないの？」

「わかってるわ」とアンナは答える。声の調子が変わった。憐れむ声だ。「なんの話かわかっている。わたしになにがあったかって？　もうわたしには土壌がみえないのよ」。アンナは寝室に行き、扉を閉じた。

35

ある晴れた静かな春の朝、マッツがいった。「ふたりともおいでよ。作業場の掃除をすませて、今日は仕事をしないから」。マッツはうきうきしている。浜辺への道すがら、カトリとアンナに説明する。リリィエベリたちは建造中のボートはぜったいにみせない、注文主でさえ進水式の準備ができるまでは作業場に入れないのだと。もちろん図面はべつだ。好きなだけいっしょに検討できるが、結果は任せるしかない。職人と注文主は立場がちがうからね。三人が作業場に入ったとき、リリィエベリ兄弟が奥の作業ベンチのそばに立っていた。距離をおいた丁重さでカトリとアンナを迎え、案内はマッツに任せた。マッツは若くて有頂天で、いまだ誇りある職人の沈黙を習得していない。床はきれいに洗われ、道具はすべて鉤に掛かっている。作業場の中央ではボートが悠然とやすらぐ、かの有名なヴェステルビィの二重のV文字を刻まれて。マッツは興奮を抑えながら、急いで技術的な洗練をひとつひとつ指摘しながら、カトリとアンナにボートをぐるりとみせて回る。なかでも困難で工夫を要した細部の仕組《ディテール》に、注意をうながす。ふたりの女はほとんど口をきかず、真剣に耳をかたむけ、立派な仕事を前にしたときのように、ときどきうなずく。ついにマッツも説明するのをやめ、船首のところで三人は立ちどまった。

「さてと」とエドヴァルド・リリィエベリが三人に加わる。「これで支障なく点検がすみましたかね。まもなく進水式なんですが、肝心なことがひとつ残っていましてね。

つまり命名ってやつが。なんという名にします？」

　だれもなにもいわない。アンナが船首に手をおいて答えた。「カトリと命名してはどうかしら。ボートにぴったりの名だわ。このボートはカトリがマッツに贈ったわけだし」

「うん、いい名だ」とエドヴァルドが答える。「じゃあ、このささやかな造船場をあとにするときに、乾杯しなきゃならないな」。弟たちがやってきて、握手をかわし、名前をどこに描きこむかの相談が始まった。船尾にするか、舳先にするか、それとも船室《キャビン》の横がいいか。文字は真鍮、それとも木彫か。ふとアンナが訊いた。「カトリはどこに行ったの？」

「帰ったんだろ」とリリィエベリの弟がいった。別れの挨拶をするまで待っててりゃいいのに、自分の名がボートに命名されるなんてめったにあることじゃないんだからさ、と考えながら。

　エドヴァルドがいう。「これで今日はおしまいだ。一日ゆっくり休むとしよう。みんなが満足なら、けっこうなことだ」

　アンナとマッツは屋敷に帰った。屋敷への坂道はぬかるみ、細い流れで覆われている。

「待って」とアンナがいう。「この坂道は年ごとに歩きにくくなる。ひどくなる一方ね」

マッツがためらいがちにいう。「よくわからないことがある。ぼくらがボートの話をしたとき、おばさんはいったよね……」

アンナはさえぎる。「まあ、言葉の綾というやつよ。わたしの勘ちがいだった。あなたの姉さんはお金を貯めてきたのよ。ずいぶん長いこと、あなたにボートを買うために。それから、いっておくけどね、わたしはだれのおばさんでもない。わたしはアンナというの。いずれにしろ、あなたが心配する話じゃない。船室《キャビン》やらモーター室やら、それからなんだか知らないけど、その後のことを考えたほうがいいわ」

カトリは自室に入ってすぐにボートの模型に気づいた。マッツが窓べにおいた小さなボートが、空を背にしてあざやかに浮きあがる。カトリは扉を閉め、近よって眺める。細部にいたるまで精確なコピーだ。ずいぶんと手間暇かけたにちがいない。本物のボートと同じ木材が使ってある。もやい綱、船室《キャビン》、モーター室、すべて揃っている。附属品は真鍮製だ。舳先には、古典的な銘刻文字で丁寧に心をこめて名が刻まれていた。カトリという名が。

ふたりが屋敷に帰ってきた。アンナは自室に入り、マッツが階段をのぼってくる。カトリはマッツの足音を聞き、すぐに出迎えたかったが、気恥ずかしくて言葉がみつからない。それでもマッツが自室の扉を閉める前に、迷いをふりきり、廊下に走りでて、弟をつよくだきしめた。ほんの一瞬のことで、ふたりとも口をきかない。はじめてカトリは弟をだきしめたのだった。

午後には風がおさまり、すっかり静かになった。どこか遠いところで犬の吼え声が聞こえるだけだ。階下のアンナの部屋では物音ひとつしない。

わかっている。また眠ってしまったのだ。頭から掛け布団をかぶって、眠りで時間をやりすごすというわけね。土壌がみえないし、まったく意欲がわかないという理由で。彼女はわたしを地面に押しつける。重力のようにまとわりつく、あのアンナ・アエメリンは。一匹の犬を思いだす。ずいぶん昔、故郷での話だ。雌鶏を捕まえる癖があった。死んだ雌鶏を首にくくりつけられて、一日じゅう雌鶏をぶらぶらさせていた。ついには恥ずかしさにうちのめされ、眼を閉じてうずくまってしまうまで。残酷なお仕置だ。良心の呵責を感じさせるのは、いともたやすい……。これがつづくのか。おそらく。参っているのは自分だけだとでも思っているのか。掛け布団の下に身を隠し、世界が思いどおりでないからといって、やすやすとあきらめる。わたしのせいじゃない。いつまでも目隠しをして生きる権利が、だれにあるというのか。なにを期待しているのだ、あのアンナ・アエメリンは。これ以上わたしになにをしろというのか……。じっさいアンナがわたしの想像どおりの人間だったとすれば、すべては失敗だった。わたしが行動や言葉でわからせようとしたことすべてが、みっともなくも頓挫したというわけだ。しかも彼女の無垢は失われて久しい。彼女自身も気づかぬままに。彼女は草しか食べないが、野生の獣の臭いがする。自分では気づかないし、彼女に教えてやる人間もいない。あえて指摘するほど気にかける者もいなかったのだろう。なにをすべきか。どれだけの真実があり、なにがそれを証明するのか。自分の信念か。それとも捏造か。自己欺瞞か。肝心なのは結果だけなのか。もうわからない。

アンナの杖が天井を叩く。くり返し、せかせかと。カトリが行くと、アンナは掛け布団を身体に巻きつけて、ベッドに坐っていた。「なにをしているの?」とアンナがいう。「何時間も行ったり来たり! わたしは眠りたいのよ」

「そうね」とカトリは答える。「あなたは眠るだけ。眠って、眠って、眠りこける。なにひとつ思いどおりにいかないからと、あなたが眠って日々を無為につひやすのを、わたしが知っていながら平気だとでも思っているの？」

「どういう意味よ。今度はなんのお説教？　この家に平和なんてありゃしない。マッツのボートじゃまだ不満なの？」

「アンナ、ボートのことはうれしい。あなたは高潔だった。いえ、公平だったといっていい」

「ふん、それで」とアンナは不機嫌にいい返す。「わたしが眠ってなにが悪いのよ。あなたのせいですっかり眼がさめてしまったけど。坐って、とにかく、なにがまずいというの？」

「話さなければならないことが。重要なことなの」

「またあのゴム会社の件なら」とアンナが口をはさむ。

「いいえ。重要なことよ。聞いて。それも心してね。わたしはあなたに誠実ではなかった。いい？　最初から嘘をついた。ほかの人たちについて正しくないことをいった。わたしが誤っていた。あなたにいっておくべきだと思う。だからどうってわけじゃない。でもいわなくては」。カトリは早口で喋り、扉口に立ったまま、アンナのすぐ横の壁をみつめている。

「すばらしい」とアンナは応じる。「みごとなものね」。アンナは立ちあがり、服の皺をのばし、掛け布団を整えた。「あなたには驚かされる。世界一くそまじめな石頭だと思うこともある。ほかの人はお喋りをするのに、あなたは自分の意見を述べる。あなたの愉快なところはただひとつ、人が夢にも思わないことを急にいいだすこと。いま、愉しい？」

「いいえ」とカトリはにこりともせず答える。

「もう一度くり返してくれる？」

「いいえ」

「わたしに嘘をついたといったわね？」

「ええ」

「どういう意味？」

「つまり」とカトリは苦しげに答える。「ほかの人はあなたを騙していない、これを伝えたかった。ほかの人というのは、あなたと関係のある人たち、周囲の人たちや文通の相手という意味よ。彼らはあなたを騙しはしなかった。だからまた信用していいのよ」

「煙草をとって、腰かけて」とアンナがいう。「そんな顔で突ったってないで。灰皿はそこ。たとえば、雑貨店の主人やリリィエベリのことをいってるの？」

「ええ」

「われらがおっかないスンドブロム夫人のことも?」とアンナはいって笑いだす。

「アンナ、深刻なの。重要な話なのよ」

アンナはふいに意地の悪い昂揚感にあおられる。「重要? 重要ってどういう意味よ。深遠なという意味? あのプラスチック会社も? あの人たちもわたしを騙さなかった? うちの出版社のように親切だといいたいの? はなから甘やかされて、むやみにほしがる子どもとおなじく、彼らもまた無邪気で罪がないとでも……? いったい、あなた、なにがいいたいの?」

「アンナ、お願いだから」

「だれもわたしを騙さなかった? だれひとり?」

「だれも」

「あなたってすごい人ね」とアンナはいう。「あなたは数字を弾《はじ》いて証明する。ひとりひとりの欠点をあばき、納得させる。そのあとでおめおめという、あの人たちに罪はないと。なぜなの?」

ふたりは壁ぞいの小さなテーブルをはさんで坐っている。アンナはカトリをみつめ、ふと思った。カトリ・クリングほど悲しげな人間についぞ会ったことがない。アンナは訊いた。「わたしに親切にしたいというわけ?」

「疑っているのね」とカトリはいう。「でもこれは信じてほしい。親切にしようと思ったことは一度もない。信じてもらえるまで何度でもくり返すつもりよ」

「わたしが二度とあなたを信じなくなると思っているの?」

「ええ、もうぜったいに」

アンナはテーブルに身を乗りだしていう。「あなたにはなにかがある」。アンナは言葉を探し、またつづける。「絶対的なものを求めすぎる。それじゃ行きづまってしまう。あなたもすこし休みなさいな」。アンナは自分の手をカトリの手に重ねた。「二、三時間だけでも。そのあとでなら、もっとよくわかりあえると思うわ」

「絶対的なものを求めすぎる?」とカトリがくり返す。「それじゃ行きづまる?」カトリは煙草をもみ消した。「絶対的なものを求める。まさしくあなた自身じゃない。その欲求こそがまっすぐあなたを目標へと導くのよ。わたしにはわかる。手紙を書くわ」

「手紙ねえ……」

「一通だけ。ただし書類戸棚にはしまいこまないで。わたしの誤りを証明する手紙だから。自分でいったじゃない、わたしは数字を弾《はじ》いて証明できるって。わたしの誤りを隅から隅まで納得させてみせる」
「カトリ」とアンナがいう。「すこし寝たらどう？　長い一日だったもの」
「ええ」とカトリは答える。「長かった。もう行かなくては」

36

カトリは自室に戻ると、ベッドの下からスーツケースを引きだした。スーツケースを開け、しばらくベッドの端に坐って耳をすます。静かな夜だ。穏やかな沈黙に耳を傾けても、身の振りかたの助言は得られない。言葉と情景、語られざる言葉と軽はずみな言葉、みえざる情景とあらわすぎる情景が、カトリの身体をかけぬける。最後に、ただひとつカトリの意識に残ったのは、犬の姿だった。狼の毛皮の下に警戒すべき予兆をやどしたまま、安らぎもなく走りさる一匹の犬だ。

37

慎重に選ばれた決定的なある朝、アンナは仕事をするために、はやばやと外にでた。

前日に場所を選び、坐るとちょうど絵の具箱と水入れに手がとどく低い腰掛を運びだしておいた。アンナはイーゼルを使わない。あまりに物々しい装備に思える。わざとらしすぎる。できるだけひっそりと仕事をしたい。一方の腕で支える画板に紙をひろげる、手首のすぐそばで。光のぐあいは、早朝か夕暮れがいちばんいい。この時刻は色彩が深みをます。急がなければ、陰影があせて失われてしまう。

アンナは腰掛に坐って、朝靄が森から消えていくのを待つ。アンナが求める沈黙があたりを支配する。視界をさえぎっていたものが拭いさられ、ついに土壌が姿をあらわした。芽吹きの気配にふくらみ、湿り気をおびた、黒い土壌だ。花柄の兎で土壌を台なしにするなど、論外だった。

解説　犬と狼と兎をめぐる物語

冨原眞弓

小説『誠実な詐欺師』は一九八二年に刊行された。その十二年前には九冊の「ムーミンシリーズ」を完結させ、トーベ・ヤンソンは世界じゅうに名を知られる児童文学作家となっていた。ムーミン谷をめぐる物語を誕生させ、成立させ、発展させていたのは、作者自身もくり返し語るように、「しあわせな子ども時代」の生き生きとした記憶、いまだ過去ではない現在形の過去である。

一九六二年の雑誌インタヴューで、ヤンソンはみずから生みだしたムーミン谷の住人たちを、子ども時代の記憶へとわずかに開かれた扉の隙間に喩えている。

わたしの記憶はどうしようもなく頼りなくて、日付やできごとはするすると抜けおちて、何年もあったはずの子ども時代は、ただひとつの長い夏として思いだされてしまいます。けれどもわたしは、子ども時代というあの特別な世界からたちのぼる匂いや、色あいや、口ぶりや、気分を、あの隙間のおかげで呼びもどすことができるのです。

一九七〇年に最後のムーミン物語を上梓したあと、絵本や芝居台本はべつとして、ヤンソンはこの隙間をいわば封印してしまう。なぜか。シリーズの内在的な要因ゆえに。とくにシリーズ後期では、一作ごとに子どもの領域をふみこえる傾向が強まっていく。さらに外在的な要因もある。この年、ヤンソンの母シグネが亡くなった。ムーミン谷の中心に位置するムーミン屋敷の象徴ともいうべきムーミンママを失って、長かった子ども時代にもついに終止符が打たれたのだった。

すでに父ヴィクトルは一九五八年に世を去っている。『ムーミンパパ海へいく』（一九六五）はヴィクトルに、若い読者を念頭に書かれた『彫刻家の娘』（一九六八）はヴィクトルとシグネの双方に、そして『少女ソフィアの夏』（一九七二）はシグネに捧げられたオマージュとみなせる。自伝的な意味で、この三冊はヤンソン作品のなかで独自の地位を占めるといってよい。

以後、子どもを主人公とする佳作の宝庫である短篇小説はともかく、四冊ある長中篇小説のなかで子どもが中心的な役割をはたすことはない。もっといえば、それらすべてにおいて主役（または重要な敵役）を演じるのは、盛年をすぎて久しい人びとなのだ。

『太陽の街』（一九七四）では、晴れやかな表題とは裏腹に、アメリカの有料老人ホームを舞台に、ひと癖もふた癖もある老人たちが、ときにユーモラスに、ときにシニカルに描かれる。『石の原野』（一九八四）は定年退職した辣腕記者が主人公だ。偏屈さにかけては前作の老人たちに負けていない。そして『フェアプレイ』（一九八九）が語るのは、七十の坂はゆうに越したとおぼしき女性芸術家の日々である。

年齢は定かでないが老境に遠くはない女性画家を描く『誠実な詐欺師』もまた、上記三作とおなじ系譜に属すると同時に、もっとも北欧的な匂いがする。暗くて長くてまとわりつく冬の気配。わたしにもおぼえがある。数年前、フィンランドの旧首都トゥルクで、夏から冬にかけての数か月をすごした。夏のあいだはよかった。涼しくて、ひたすら爽快だ。樹々が色づく短い秋も風情がある。問題は十一月だ。雪は降るが、温度がそれほど低くないので、きれいに固まらず、すぐにどろどろの灰色になる。日一日と暗くなっていく十一月がいちばんいやだと、北欧の友人たちも口をそろえる。

『誠実な詐欺師』が始まる時期はわからない。作中にクリスマスの言及がないので、年は明けているのかもしれない。いずれにせよ、舞台となる海辺の小さな村は、近年まれなる大雪にみまわれている。村に一台しかないワゴン車も用をなさないほどだ。外部から隔絶されたこの息苦しい世界で、村びとの暗黙の連帯から閉めだされた孤独な人びとのドラマがくりひろげられる。

朝まだき、雪をふみしめて岬の灯台へとむかう人影がある。灰色にぼやける風景のなか、くっきりと黒々と輪郭が浮きあがる。毛皮の帽子と狐の襟巻に包まれたカトリ・クリングだ。ぴたりとよりそう大きな黒いシェパードには名前がない。その眼は、飼い主の眼とおなじく、黄色い。毛皮をまとい、鋭い眼をしたカトリとシェパードは、まるで「大きな悪い狼」だ。

眠れない夜、カトリは考える。「わたしの犬は大きくて美しく、わたしに服従する。あの犬はわたしが好きじゃない。でも、わたしと犬は互いを尊重する。わたしは秘密めいた犬の生活、本来の野性をいくらかはとどめている大きな犬の秘密を尊重する。だからといって信頼しはしない。自分をじっと観察する大きな犬をどうして信頼できよう」。

カトリと犬は、群れない強さ、孤高の矜持を共有する。そして醜さや弱さをみぬく嗅覚をも。「臭い」や「嗅覚」は重要なキーワードだ。人間は「臭う」とカトリは思う。それぞれに隠された臭いをもっている。その臭いは強くなる。とくに「怒ったり、恥じたり、怖がったりするとき」に。例外は弟のマッツだけで、彼は臭いがしない。隠すべきものがないから、雪のようにきれいだ。だからカトリはマッツ以外の人間を信用しない。

マッツは村びとから「うすのろ」扱いされているが、美しくて性能のよいボートの設計に情熱をそそぐ。カトリの唯一の希いは、マッツに「ほかになんの取柄もないこの村で造られる最高のボート」を与えてやることだ。だが、資格も財産もない二十五歳の女性に、村で最高の職人が造る木製のボートなど手がとどくはずもない。雑貨店主の下心ある誘いをはねつけたせいで、唯一の収入源である帳簿係の職も失った。近いうちに部屋も追われるだろう。仕事もなく、住まいもなく、十五歳の弟とふたりで生きていかねばならない。どうすればいいのか。

灯台への途上に家がある。画家アンナ・アエメリンの〈兎屋敷《カニンフセット》〉だ。裕福な地主だった両親の遺産に加え、本の印税やキャラクター権の収入がある。アンナにお金の心配はない。だからお金に無頓着だ。お金を軽蔑できる。カトリはアンナに眼をつけた。〈兎屋敷〉に住みこんで、アンナの収入を自分の才覚で倍増させ、その分け前を要求する。品性を貶める施しではなく、誠実さにもとる詐取でもなく、正当な労働にたいする当然の報酬として。

なぜ〈兎屋敷〉と呼ばれるのか。当の屋敷に住まうアンナ自身は、村びとが一種の愛情と揶揄をこめて使うこの通称を知らない。「四角い前歯とみまがうヴェランダの白いカーテン、雪の睫《まつげ》をつけた間抜けな丸窓、ぴんと立った耳の煙突」。うずくまる兎にそっくりなのだ。ついでにいうと、『不思議の国のアリス』でアリスがお茶会に招かれる「三月ウサギの家」にも似ている。あの家も「耳のかたちの煙突、毛皮でふかれた屋根」が特徴だった。

兎の呼称はアンナの仕事とも無縁ではない。森にひろがる土壌を写すことにかけて、アンナの右にでる画家はいない。針葉樹の葉一枚、苔ひとつもおろそかにせず、こまやかな筆致で精確に描きだす。湿った土の感触さえ伝わるほどに。自然主義的な細密画の大家なのだ。ところが、あろうことか、花柄で覆われた「兎のパパ、兎のママ、兎の子」を描きこんで、心血そそいで再現した森の神秘を台なしにしてしまう。おどおどと気弱に口ごもるアンナ自身も兎かもしれない。

誠実であろうとするがゆえに愛想や追従がいえず人づきあいの悪いカトリ・クリン

グと、金と地位に恵まれて温和なお人好しでいられるアンナ・アエメリン。このふたりの女性の親和と確執を軸に、支配と諦念と自由のテーマが語られていく。

強烈なエゴとエゴがぶつかりあい、ある一線を越えてかかわりあうとき、互いに深刻な影響を与えずにはいない。アンナのおめでたい軽信と怠惰にふれて、カトリの精確さへの欲求がはぐらかされ、嘘をゆるさない数字への信頼はゆらいでいく。アンナも無疵ではいられない。偽善をあばくカトリの単刀直入な指摘にさらされて、アンナの鷹揚さの仮面が剝ぎとられていく。生まれてはじめて人の真意を疑い、言葉や行動の裏をさぐりはじめる。

数字しか信用しない実務家のカトリ、森の土壌しか愛さない芸術家のアンナ、海とボートにしか興味のないマッツ。年齢も気質も能力も異なるが、三人には共通点がある。「たったひとつのことしか眼に入らず、たったひとつのことしか理解できず、たったひとつのことにしか興味がない」ことだ。それぞれが独自のスタイルをもつ〈芸術家〉である。さらには、待て、伏せ、行けといった単純な命令に黙々としたがうシェパードもまた、極度に一元化された世界に生きているという意味で、三人の同類といってよい。

カトリとアンナが互いにもたらすアイデンティティ危機は、否応なくマッツと犬にも波及する。カトリとマッツのあいだに育まれてきた寡黙な愛、カトリと犬がかわす暗黙の了解、これらはアンナの介入によって崩れていく。アンナはカトリに隠れて餌をやり、(ぬいぐるみのクマを連想させる)テディというばかげた名で呼び、棒切れを拾ってこさせる「遊び」をくり返す。親愛の情からではない。「名前のないものは膨れあがる傾向がある」ので、命名することで手なずけようというわけだ。餌付けもりっぱな権力行使である。訓練された犬にちょっかいをだすべきではないと承知のうえで、こそこそ隠れて構おうとするのだから、りっぱな確信犯である。

「お食べ」とアンナはささやく。「テディちゃん、急いで、彼女が来る前に……」。しかしときには、用心ぶかい黄色の視線をぐるりと迂回しつつ、捨て台詞を吐く。「マットに伏せて！　図体のでかい厄介者が！」

アンナの思惑どおり、犬はだれの命令をきけばよいのか、わからなくなる。もっぱらカトリの命令に服するだけで、いちいち自分の身の振りかたを選ばずにすむという気楽さを捨て、ながらく押し殺してきた野性にめざめていく。カトリが巧みに抑えこんできた、あの無力さと攻撃性をあわせもつ野性に。

犬は森に逃げこみ、ときに長く尾をひいて、遠くで、吼えつづける。村びとは眉をひそめ、ささやきあう。「聞いたかい？　まるで森に狼がいるようだ。縁起でもない女に、しあわせ薄い犬だ。いずれ撃ち殺さにゃなるまい」と。

やがて象徴的な事件がおこる。犬が近所の家で飼われている兎をくわえて帰ってきたのだ。食事をしていたアンナの足もとに、嚙み殺された兎が投げだされた。どうです、褒めてくださいよ、棒切れなんかより、こっちのほうがすてきな獲物でしょう、といわんばかりに。

台所の床に血を流して横たわる兎は、狼を手なずけようとして、逆にこっぴどい反撃を食らったアンナ自身をあらわすのか。アンナはただ蒼ざめて震えている。例によって、カトリが手際よく兎の屍骸を処理した。狼になった犬の攻撃がカトリにもむけられる日がやってきた。攻撃はふいに、音もなく、しかけられた。カトリは両腕で顔を覆った。

すばらしい跳躍だ。これまで究極の力を使いきることがゆるされなかった巨大な獣にふさわしい。一瞬、カトリの喉に犬の熱い息がかかる。犬が重い身体をのけぞらせ、爪で壁のセメントをひっかいた。カトリと犬は身動きもせず、みつめあう。どちらの眼も黄色だ。しまいに犬は両耳を後ろに寝かせ、尻尾をさげる。そのうちぷいと向きを変えると、東のほうへ走りさっていった。村から遠く離れて。

かくてカトリと犬の訣別は決定的となる。もう後戻りはできない。犬は狼になった。ふいに投げ与えられた自由に対処するすべもわからぬままに。いまやカトリに責任をひきうけるべき対象はいない。アンナの家に居候する意味も失せた。からっぽのスーツケースを前に、ベッドに腰かけて、今後の身の振りかたを考える。脳裏にうかぶのは、あのシェパードの姿、「狼の毛皮の下に警戒すべき予兆をやどしたまま、安らぎもなく走りさる一匹の犬」だった。

本書は「トーベ・ヤンソン・コレクション」第二巻『誠実な詐欺師』の改訳版である。今回のちくま文庫への収録にあたり、徹底的な改訳をほどこした。最初は必要な推敲をほどこすつもりで始めたが、最終的には新訳といってよい大幅な手直しになった。「コレクション」版とのいちばんの差は文体である。個人的に好きな作品だけに「コレクション」では気負いすぎて、ヤンソン独特の削ぎ落とされた端正な文体を生かせていない、との反省からだ。文体というのは作品のすべてにかかわる。したがって全面改訳となった。十一年の歳月をへて、翻訳を見直す機会を与えられたことを感謝したい。

＊本書は、一九九五年十二月、『トーベ・ヤンソン・コレクション』（全八冊）の第二巻として、筑摩書房から刊行されたものを大幅に改訳したものです。

ねにもつタイプ　岸本佐知子
何となく気になることにこだわる、ねにもつ。思索、奇想、妄想はばたく脳内ワールドをリズミカルな名短文でつづる。第23回講談社エッセイ賞受賞。

TOKYO STYLE　都築響一
小さい部屋が、わが宇宙。ごちゃごちゃと、しかし快適に暮らす、僕らの本当のトウキョウ・スタイルはこんなものだ！　話題の写真集文庫化！

自分の仕事をつくる　西村佳哲
仕事をすることは会社に勤めること、ではない。仕事を「自分の仕事」にできた人たちに学ぶ、働き方のデザインの仕方とは。（稲本喜則）

世界がわかる宗教社会学入門　橋爪大三郎
宗教なんてうさんくさい⁉　でも宗教は文化や価値観の骨格であり、それゆえ紛争のタネにもなる。世界宗教のエッセンスがわかる充実の入門書。

ハーメルンの笛吹き男　阿部謹也
「笛吹き男」伝説の裏に隠された謎はなにか？　十三世紀ヨーロッパの小さな村で起きた事件を手がかりに中世における「差別」を解明。（石牟礼道子）

増補　日本語が亡びるとき　水村美苗
明治以来豊かな近代文学を生み出してきた日本語が、いま、大きな岐路に立っている。我々にとって言語とは何なのか。第8回小林秀雄賞受賞作に大幅増補。

子は親を救うために「心の病」になる　高橋和巳
子は親が好きだからこそ「心の病」になり、親を救おうとしている。精神科医である著者が説く、親子という「生きづらさ」の原点とその解決法。

クマにあったらどうするか　姉崎等／片山龍峯
「クマは師匠」と語り遺した狩人が、アイヌ民族の知恵と自身の経験から導き出した超実践クマ対処法。クマと人間の共存する形が見えてくる。（遠藤ケイ）

脳はなぜ「心」を作ったのか　前野隆司
「意識」とは何か。どこまでが「私」なのか。死んだら「心」はどうなるのか。――「意識」と「心」の謎に挑んだ話題の本の文庫化。（夢枕獏）

しかもフタが無い　ヨシタケシンスケ
「絵本の種」となるアイデアスケッチがそのまま本に。くすっと笑えて、なぜかほっとするイラスト集です。ヨシタケさんの「頭の中」に読者をご招待！

素粒子
ミシェル・ウエルベック
野崎歓訳
人類の孤独の極北にゆらめく絶望的な愛——二人の異父兄弟の人生をたどり、希薄で怠惰な現代の一面を描き上げた、鬼才ウエルベックの衝撃作。

地図と領土
ミシェル・ウエルベック
野崎歓訳
孤独な天才芸術家ジェドは、世捨て人作家ウエルベックと出会い友情を育むが、作家は何者かに惨殺される——。最高傑作と名高いゴンクール賞受賞作。

競売ナンバー49の叫び
トマス・ピンチョン
志村正雄訳
「謎の巨匠」の暗喩に満ちた迷宮世界。突然、大富豪の遺言管理執行人に指名された主人公エディパの物語。郵便ラッパとは？　（巽孝之）

スロー・ラーナー［新装版］
トマス・ピンチョン
志村正雄訳
著者自身がまとめた初期短篇集。「謎の巨匠」がみずからの作家生活を回顧する序文を付した話題作。驚異に満ちた世界。　（高橋源一郎、宮沢章夫）

エレンディラ
G・ガルシア＝マルケス
鼓直／木村榮一訳
大人のための残酷物語として書かれたといわれる中・短篇。「孤独と死」をモチーフに、大著『族長の秋』につらなるマルケスの真価を発揮した作品集。

氷
アンナ・カヴァン
山田和子訳
氷が全世界を覆いつくそうとしていた。私は少女の行方を必死に探し求める。恐ろしくも美しい終末のヴィジョンで読者を魅了した伝説的名作。

アサイラム・ピース
アンナ・カヴァン
山田和子訳
出口なしの閉塞感と絶対の孤独、謎と不条理に満ちた世界を先鋭的スタイルで描き、作家アンナ・カヴァンの誕生を告げた最初の傑作。　（皆川博子）

オーランドー
ヴァージニア・ウルフ
杉山洋子訳
エリザベス女王お気に入りの美少年オーランドー、ある日目をさますと女になっていた——4世紀を駆ける万華鏡ファンタジー。　（小谷真理）

昔も今も
サマセット・モーム
天野隆司訳
16世紀初頭のイタリアを背景に、「君主論」につながるチェーザレ・ボルジアとの出会いを描き、「政治人間」の生態を浮彫りにした歴史小説の傑作。

コスモポリタンズ
サマセット・モーム
龍口直太郎訳
舞台はヨーロッパ、アジア、南島から日本まで。故国を去って異郷に住む〝国際人〟の日常にひそむ事件のかずかず。珠玉の小品30篇。　（小池滋）

バベットの晩餐会　I・ディーネセン　桝田啓介訳

バベットが祝宴に用意した料理とは……。一九八七年アカデミー賞外国語映画賞受賞作の原作と遺作「エーレンガート」を収録。（田中優子）

ヘミングウェイ短篇集　アーネスト・ヘミングウェイ　西崎憲編訳

ヘミングウェイは弱く寂しい男たち、冷静で寛大な女たちを登場させ「人間であることの孤独」を描く。繊細で切れ味鋭い14の短篇を新訳で贈る。

カポーティ短篇集　T・カポーティ　河野一郎編訳

妻をなくした中年男の一日を、一抹の悲哀をこめ、ややユーモラスに描いた本邦初訳の「楽園の小道」他、選びぬかれた11篇。文庫オリジナル。

フラナリー・オコナー全短篇（上・下）　フラナリー・オコナー　横山貞子訳

キリスト教を下敷きに、残酷さとユーモアのまじりあう独特の世界を描いた第一短篇集『善人はなかなかいない』を収録。個人全訳。（蜂飼耳）

動物農場　ジョージ・オーウェル　開高健訳

自由と平等を旗印に、いつのまにか全体主義や恐怖政治が社会を覆っていく様を痛烈に描き出す。『一九八四年』と並ぶG・オーウェルの代表作。

パルプ　チャールズ・ブコウスキー　柴田元幸訳

人生に見放され、酒と女に取り憑かれた超ダメ探偵が次々と奇妙な事件に巻き込まれる。伝説的カルト作家の遺作、待望の復刊！（東山彰良）

ありきたりの狂気の物語　チャールズ・ブコウスキー　青野聰訳

すべてに見放されたサイテーな毎日。その一瞬の狂った輝きを切り取る、伝説的カルト作家の愛と笑いと哀しみに満ちた異色短篇集。（戌井昭人）

死の舞踏　スティーヴン・キング　安野玲訳

帝王キングがあらゆるメディアのホラーについて圧倒的な熱量で語り尽くす伝説のエッセイ。「2010年版へのまえがき」を付した完全版。（町山智浩）

スターメイカー　オラフ・ステープルドン　浜口稔訳

宇宙の発生から滅亡までを壮大なスケールで描いた幻想の宇宙誌。1937年の発表以来、各方面に多大な影響を与えてきたSFの古典を全面改訳で。

トーベ・ヤンソン短篇集　トーベ・ヤンソン　冨原眞弓編訳

ムーミンの作家にとどまらないヤンソンの作品の奥行きと背景を伝える短篇のベスト・セレクション。「愛の物語」「時間の感覚」「雨」など、全20篇。

品切れの際はご容赦ください

マンスフィールド・パーク
ジェイン・オースティン
中野康司訳
伯母にいじめられながら育った内気なファニーはいつしかいとこのエドマンドに恋心を抱くが——。恋愛小説の達人オースティンの円熟期の作品。

ボードレール全詩集Ｉ
シャルル・ボードレール
阿部良雄訳
詩人として、批評家として、思想家として、近年重要度を増しているボードレールのテクストを世界的な学者の個人訳で集成する初の文庫版全詩集。

文読む月日（上・中・下）
トルストイ
北御門二郎訳
一日一章、一年三六六章。古今東西の聖賢の名言・箴言を日々の心の糧となるよう、晩年のトルストイが心血を注いで集めた一大アンソロジー。

暗黒事件
バルザック
柏木隆雄訳
フランス帝政下、貴族の名家を襲う陰謀の闇——凛然と挑む美姫を軸に、獅子奮迅する従僕、冷酷無残の密偵、皇帝ナポレオンも絡む歴史小説の白眉。

ダブリンの人びと
ジェイムズ・ジョイス
米本義孝訳
20世紀初頭、ダブリンに住む市民の平凡な日常をリアリズムに徹した手法で描いた短篇小説集。リズミカルで斬新な新訳。各章の関連地図と詳しい解説付。

眺めのいい部屋
E・M・フォースター
西崎憲／中島朋子訳
フィレンツェを訪れたイギリスの令嬢ルーシーは、純粋な青年ジョージに心惹かれる。恋に悩み成長する若い女性の姿と真実の愛を描く名作ロマンス。

キャッツ
T・S・エリオット
池田雅之訳
劇団四季の超ロングラン・ミュージカルの原作新訳版。あまのじゃく猫におちゃめ猫、猫の犯罪王に鉄道猫。15の物語とカラーさしえ14枚入り。

ランボー全詩集
アルチュール・ランボー
宇佐美斉訳
束の間の生涯を閃光のようにかけぬけた天才詩人ランボー——稀有な精神が紡いだ清冽なテクストを、世界的ランボー学者の美しい新訳でおくる。

怪奇小説日和
西崎憲編訳
怪奇小説の神髄は短篇にある。ジェイコブズ「失われた船」、エイクマン「列車」など古典的怪談から異色短篇まで18篇を収めたアンソロジー。

世界幻想文学大全
幻想小説神髄
東雅夫編
ノヴァーリス、リラダン、マッケン、ボルヘス……時代を超えたベスト・オブ・ベスト。松村みね子、堀口大學、窪田般彌等の名訳も読みどころ。

品切れの際はご容赦ください

猫語の教科書

ポール・ギャリコ
灰島かり訳

ある日、編集者の許に不思議な原稿が届けられた。それはなんと、猫が書いた猫のための「人間のしつけ方」の教科書だった……!?　（大島弓子）

猫語のノート

ポール・ギャリコ
西川治写真
灰島かり訳

猫たちのつぶやきを集めた小さなノート。その時の猫たちの思いが写真とともに1冊になった。『猫語の教科書』姉妹篇。　（大島弓子・角田光代）

アーサー王の死
中世文学集Ⅰ

T・マロリー
厨川《くりやがわ》文夫／圭子編訳

イギリスの伝説の英雄・アーサー王とその円卓の騎士団の活躍ものがたり。厖大な原典を最もうまく編集したキャクストン版で贈る。　（厨川文夫）

炎の戦士クーフリン／黄金の騎士フィン・マックール

ローズマリー・サトクリフ
灰島かり／金原瑞人／久慈美貴訳

神々と妖精が生きていた時代の物語。かつてエリンと言われた古アイルランドを舞台に、ケルト神話に名高いふたりの英雄譚を1冊に。　（井辻朱美）

ギリシア神話

串田孫一

ゼウスやエロス、プシュケやアプロディテなど、人間くさい神々をめぐる複雑なドラマを、わかりやすく綴った若い人たちへの入門書。

ケルト妖精物語

W・B・イエイツ編
井村君江編訳

群れなす妖精もいれば一人暮らしの妖精もいる。不思議な世界の住人達がいきいきと甦る。イエイツが贈るアイルランドの妖精譚の数々。

ケルトの薄明

W・B・イエイツ
井村君江訳

無限なものへの憧れ。ケルトの哀しみ。イエイツ自身が実際に見たり聞いたりした、妖しくも美しい話ばかり40篇。（訳し下ろし）

ケルトの神話

井村君江

古代ヨーロッパの先住民族ケルト人が伝え残した幻想的な神話の数々。目に見えない世界を信じ、妖精たちと交流するふしぎな民族の源をたどる。

ムーミン・コミックス　セレクション1
ムーミン谷へようこそ

トーベ・ヤンソン＋ラルス・ヤンソン
冨原眞弓編訳

ムーミン・コミックスのベストセレクション。1巻はムーミン谷で暮らす仲間たちの愉快なエピソードを4話収録。オリジナルムーミンの魅力が存分に。

ムーミン・コミックス　セレクション2
ムーミン一家のふしぎな旅

トーベ・ヤンソン＋ラルス・ヤンソン
冨原眞弓編訳

ムーミン・コミックスのベストセレクション。2巻は日常を離れ冒険に出たムーミンたちのエピソードを4話収録。コミックスにしかいないキャラも。

ムーミンを読む　冨原眞弓

ムーミンの第一人者が一巻ごとに丁寧に語る、ムーミン物語の魅力！　徐々に明らかになるムーミン一家の過去や仲間たち。ファン必読の入門書。

クマのプーさん エチケット・ブック　A・A・ミルン　高橋早苗訳

『クマのプーさん』の名場面とともに、プーが教えるマナーとは？　思わず吹き出してしまいそうな可愛らしい教えたっぷりの本。（浅生ハルミン）

魂のこよみ　ルドルフ・シュタイナー　高橋巖訳

悠久をへめぐる季節の流れに自己の内的生活を結びつけ、魂の活力の在処を示し自己認識を促す詩句の花束。瞑想へ誘う春夏秋冬、週ごと全52詩篇。

新編 ぼくは12歳　岡真史

12歳で自ら命を断った少年は、死の直前まで詩を書き綴っていた。――新たに読者と両親との感動の往復書簡を収録した決定版。（高史明）

心の底をのぞいたら　なだいなだ

つかまえどころのない自分の心。知りたくてたまらない他人の心。謎に満ちた心の中を探検し、無意識の世界へ誘う心の名著。（香山リカ）

生きることの意味　高《コ》史《サ》明《ミョン》

さまざまな衝突の中で死を考えるようになった一朝鮮人少年。彼をささえた人間のやさしさを通して、生きることの意味を考える。（鶴見俊輔）

まちがったっていいじゃないか　森毅

人間、ニブイのも才能だ！　まちがったらやり直せばいい。少年のころを振り返り、若い読者に肩の力をぬかせてくれる人生論。（赤木かん子）

星の王子さま、禅を語る　重松宗育

『星の王子さま』には、禅の本質が描かれている。住職でアメリカ文学者でもある著者が、難解な禅の哲学を指南するユニークな入門書。（西村惠信）

友だちは無駄である　佐野洋子

でもその無駄がいいのよ。つまらないことや無駄なことって、たくさんあればあるほど魅力なのよね。一味違った友情論。（亀和田武）

自分の謎　赤瀬川原平

「眼の達人」が到達した傑作絵本。なぜ私は、ここにいるのか。自分が自分である不思議について。「こどもの哲学　大人の絵本」第1弾。（タナカカツキ）

品切れの際はご容赦ください

おまじない　西加奈子

さまざまな人生の転機に思い悩む女性たちに、そっと寄り添ってくれる、珠玉の短編集、いよいよ文庫化！　巻末に長濱ねると著者の特別対談を収録。

通天閣　西加奈子

このしょーもない世の中に、救いようのない人生に、ちょっぴり暖かい灯を点す驚きと感動の物語。第24回織田作之助賞大賞受賞作。（津村記久子）

沈黙博物館　小川洋子

「形見じゃ」老婆は言った。死の完結を阻止するために形見が盗まれる。死者が残した断片をめぐるやさしくスリリングな物語。（堀江敏幸）

注文の多い注文書　小川洋子　クラフト・エヴィング商會

バナナフィッシュの耳石、貧乏な叔母さん、小説に隠された〈もの〉をめぐり、二つの才能が火花を散らす。贅沢で不思議な前代未聞の作品集。（平松洋子）

図書館の神様　瀬尾まいこ

赴任した高校で思いがけず文芸部顧問になってしまった清(きよ)。そこでの出会いが、その後の人生を変えてゆく。鮮やかな青春小説。（山本幸久）

僕の明日を照らして　瀬尾まいこ

中2の隼太に新しい父が出来た。優しい父はしかしDVする父でもあった。この家族を失いたくない！　隼太の闘いと成長の日々を描く。（岩宮恵子）

星間商事株式会社社史編纂室　三浦しをん

二九歳「腐女子」川田幸代、社史編纂室所属。恋の行方も友情の行方も五里霧中。仲間と共に「同人誌」を武器に社の秘められた過去に挑む!?（金田淳子）

ラピスラズリ　山尾悠子

言葉の海が紡ぎだす、〈冬眠者〉と人形と、春の目覚めの物語。不世出の幻想小説家が20年の沈黙を破り発表した連作長篇。補筆改訂版。（千野帽子）

聖女伝説　多和田葉子

少女は聖人を産むことなく自身が聖人となれるのか？　著者の代表作にして性と生と聖をめぐる少女小説の傑作がいま蘇る。書き下ろしの外伝を併録。

ピスタチオ　梨木香歩

棚(たな)がアフリカを訪れたのは本当に偶然だったのか。不思議な出来事の連鎖から、水と生命の壮大な物語「ピスタチオ」が生まれる。（管啓次郎）

包帯クラブ 天童荒太

傷ついた少年少女達は、戦わないかたちで自分達の大切なものを守ることにした。生きがたいと感じるすべての人に贈る長篇小説。大幅加筆して文庫化。

つむじ風食堂の夜 吉田篤弘

それは、笑いのこぼれる夜。——食堂は、十字路の角にぽつんとひとつ灯をともしていた。クラフト・エヴィング商會の物語作家による長篇小説。

虹色と幸運 柴崎友香

珠子、かおり、夏美。三〇代になった三人が、人に会い、おしゃべりし、いろいろ思う一年間。移りゆく季節の中で、日常の細部が輝く傑作。（江南亜美子）

変《か》半《わり》身《み》 村田沙耶香

孤島の奇祭「モドリ」の生贄となった同級生を救った陸と花蓮は祭の驚愕の真相を知る。悪夢が極限まで疾走する村田ワールドの真骨頂！（小澤英実）

君は永遠にそいつらより若い 津村記久子

22歳処女。いや「女の童貞」と呼んでほしい——。日常の底に潜むうっすらとした悪意を独特の筆致で描く。第21回太宰治賞受賞作。（松浦理英子）

アレグリアとは仕事はできない 津村記久子

彼女はどうしようもない性悪だった。すぐ休み単純労働をバカにし男性社員に媚を売る。大型コピー機とミノベとの仁義なき戦い！（千野帽子）

さようなら、オレンジ 岩城けい

オーストラリアに流れ着いた難民サリマ。言葉も不自由な彼女が、新しい生活を切り拓いてゆく。第29回太宰治賞受賞・第150回芥川賞候補作。（小野正嗣）

星か獣になる季節 最果タヒ

推しの地下アイドルが殺人容疑で逮捕!? 僕は同級生のイケメン森下と真相を探るが——。歪んだピュアネスが傷だらけで疾走する新世代の青春小説！

とりつくしま 東直子

死んだ人に「とりつくしま係」が言う。モノになってこの世に戻れますよ。妻は夫のカップに弟子は先生の扇子になった。連作短篇集。（大竹昭子）

ポラリスが降り注ぐ夜 李琴峰

多様な性的アイデンティティを持つ女たちが集う二丁目のバー「ポラリス」。国も歴史も超えて思い合う気持ちが繋がる7つの恋の物語。（桜庭一樹）

ちくま文庫

誠実《せいじつ》な詐欺師《さぎし》

二〇〇六年七月十日　第一刷発行
二〇二五年四月十五日　第十刷発行

著者　トーベ・ヤンソン
訳者　冨原眞弓（とみはら・まゆみ）
発行者　増田健史
発行所　株式会社　筑摩書房
東京都台東区蔵前二―五―三　〒一一一―八七五五
電話番号　〇三―五六八七―二六〇一（代表）
装幀者　安野光雅
印刷所　株式会社厚徳社
製本所　株式会社積信堂

ISBN978-4-480-42248-4 C0197